Wilhelm Busch

Da grunzte das Schwein,
die Englein sangen

Wilhelm Busch

Da grunzte das Schwein, die Englein sangen

Ausgewählt und mit einem Essay

von Robert Gernhardt

Eichborn Verlag
Frankfurt am Main 2007

Verlag und Herausgeber danken
der Wilhelm-Busch-Gesellschaft e.V., die sämtliche
Druckvorlagen für diesen Band zur Verfügung stellte.

WILHELM-BUSCH-MUSEUM HANNOVER
Deutsches Museum für Karikatur und kritische Grafik
Georgengarten 1, 30167 Hannover, Tel. 0511/714076

Erfolgsausgabe

ISBN 978-3-8218-4757-3

INHALT

ZU DIESER AUSWAHL

Sie stützt sich auf die Gesamtausgabe der Werke Wilhelm Buschs, die Friedrich Bohne herausgegeben hat.

Aus den vier Bänden mit 2300 Seiten und mehr als dreitausend Abbildungen habe ich einige der mir liebsten, komischsten, kompromißlosesten, katastrophalsten und in Wort und Bild inspiriertesten Episoden zusammengestellt. Da Wilhelm Busch auch in seinen längeren Bild-Epen gerne abgeschlossene Abenteuer aneinanderreihte, hielt ich es für vertretbar, besonders gelungene, selbstredend ungekürzte Kapitel aus dem jeweiligen Zusammenhang zu lösen. Bei Bedarf habe ich einige erklärende Zeilen vorweggestellt.

Daß vieles fehlt, weiß ich. Daß die versammelten Busch-Happen Appetit auf den ganzen Busch machen, hoffe ich. Daß Wilhelm Busch eine nach wie vor unerreichte komische Doppelbegabung ist, hat mir die erneute Beschäftigung mit dem Meister auf fast jeder der 2300 Seiten vor Augen geführt. Als Kind bereits habe ich Wilhelm Busch geliebt: Das Weihnachtsgeschenk *Die fromme*

Helene half dem Siebenjährigen über dunkle Monate im Kinderheim hinweg. Meine Liebe zu ihm hat nie nachgelassen, doch der Respekt vor Wilhelm Busch, der sich naturgemäß erst sehr viel später einstellen konnte, wächst und wächst.

Robert Gernhardt

Trauriges Ende des Laubfrosches

Aus: ›Fliegende Blätter‹, 1861

Zweimal hat Wilhelm Busch von Fröschen erzählt, die Vögel sein wollen, als 29jähriger Jungkomiker und als 70jähriger Ex-Komiker. In beiden Fällen lautet das erbarmungslose Fazit: Ein Frosch ist ein Frosch, bleibt ein Frosch, wird kein Vogel.

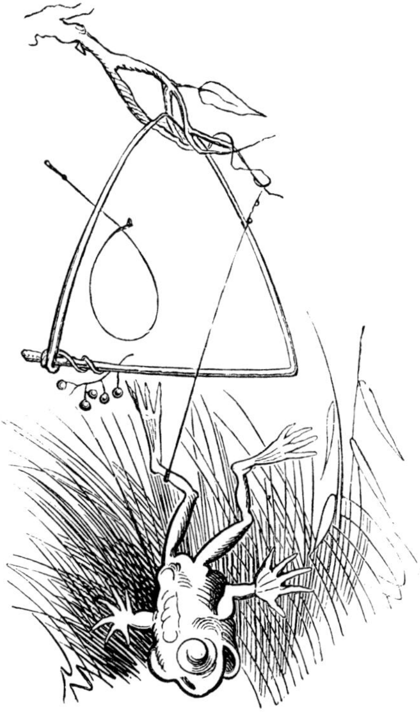

Trauriges Ende des Laubfrosches,
der auch einmal ein Krammetsvogel hat sein wollen

Diogenes und die bösen Buben von Korinth

Aus: ›Fliegende Blätter‹, 1862

Nachdenklich liegt in seiner Tonne
Diogenes hier an der Sonne.

Ein Bube, der ihn liegen sah,
Ruft seinen Freund; gleich ist er da.

Nun fangen die zwei Tropfen
Am Fasse an zu klopfen.

Diogenes schaut aus dem Faß
Und spricht: »Ei, ei, was soll denn das!?«

Der Bube mit der Mütze
Holt seine Wasserspritze.

Er spritzt durchs Spundloch in das Faß.
Diogenes wird pudelnaß.

Kaum legt Diogenes sich nieder,
So kommen die bösen Buben wieder.

Sie gehn ans Faß und schieben es;
»Halt, halt!« schreit da Diogenes.

Ganz schwindlig wird der Brave. –
Paßt auf! Jetzt kommt die Strafe.

Zwei Nägel, die am Fasse stecken,
Fassen die Buben bei den Röcken.

Die bösen Buben weinen
Und zappeln mit den Beinen.

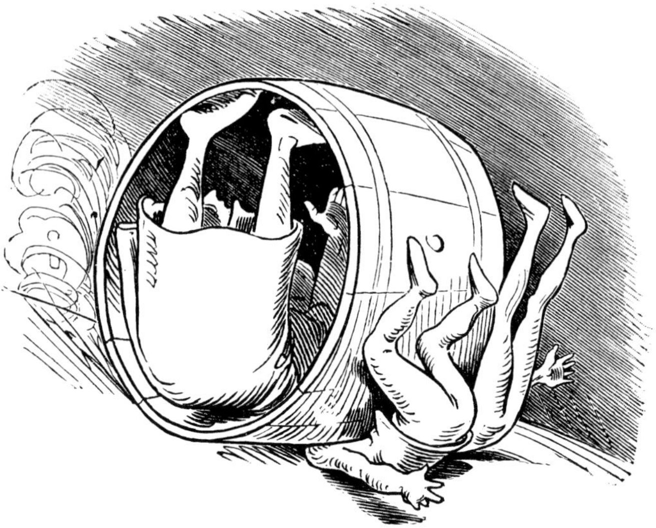

Da hilft kein Weinen und kein Schrein,
Sie müssen unter's Faß hinein.

Die bösen Buben von Korinth
Sind platt gewalzt, wie Kuchen sind.

Diogenes der Weise aber kroch ins Faß
Und sprach: »Ja, ja, das kommt von das!!«

Aus: ›Bilderpossen‹, 1864

Mit einer Axt und stillem Weh
Sucht man den Peter hier im Schnee.

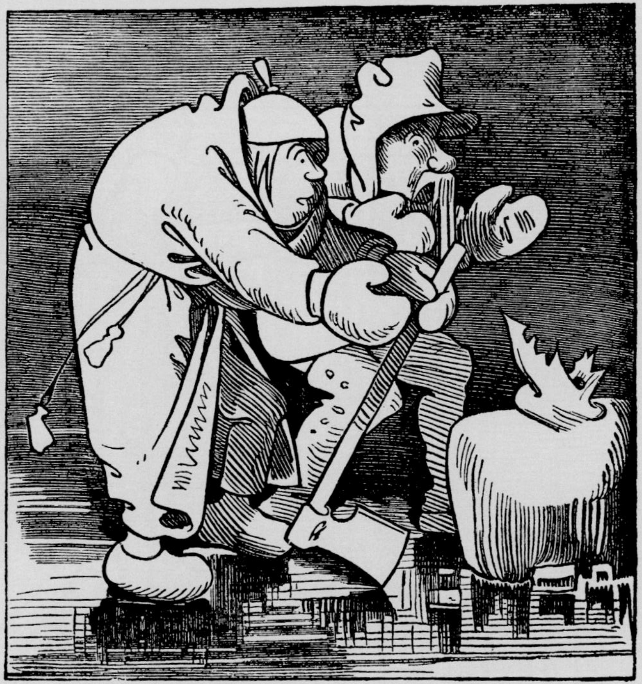

Schon sieht man mit besorgtem Blick
Ein Teil von Peters Kleidungsstück.

Max und Moritz

1865

Max und Moritz

eine

Bubengeschichte

in

sieben Streichen

von

Wilhelm Busch.

60. Auflage.

München,

Verlag von Braun und Schneider.

Max und Moritz, zwei Jugendliche, die allem Anschein nach ohne Eltern oder sonstige Erziehungsberechtigte aufwachsen, versetzen ein nicht näher bezeichnetes Dorf im Norden Deutschlands durch ihre nicht immer harmlosen Streiche in Angst und

Schrecken: Da werden Respektspersonen mittels angesägter Brükken oder pulvergefüllter Pfeifen in lebensgefährliche Extremsituationen gebracht. Ohne jede sozialpädagogische Anwandlung entledigt sich die Gesellschaft der offensichtlich nicht zu integrierenden Außenseiter:

Sechster Streich

In der schönen Osterzeit,
Wenn die frommen Bäckersleut'
Viele süße Zuckersachen
Backen und zurechtemachen,
Wünschten Max und Moritz auch
Sich so etwas zum Gebrauch. –

Doch der Bäcker, mit Bedacht,
Hat das Backhaus zugemacht.

Also, will hier einer stehlen,
Muß er durch den Schlot sich quälen. –

Ratsch!! – Da kommen die zwei Knaben
Durch den Schornstein, schwarz wie Raben.

Puff!! – Sie fallen in die Kist',
Wo das Mehl darinnen ist.

Da! Nun sind sie alle beide
Rund herum so weiß wie Kreide.

Aber schon mit viel Vergnügen
Sehen sie die Brezeln liegen.

Knacks!! – Da bricht der Stuhl entzwei;

Schwapp!! – Da liegen sie im Brei.

Ganz von Kuchenteig umhüllt
Stehn sie da als Jammerbild. –

Gleich erscheint der Meister Bäcker
Und bemerkt die Zuckerlecker.

Eins, zwei, drei! – eh' man's gedacht,
Sind zwei Brote draus gemacht.

In dem Ofen glüht es noch –
Ruff!! – damit ins Ofenloch!

Ruff!! – man zieht sie aus der Glut –
Denn nun sind sie braun und gut. –

– Jeder denkt: »Die sind perdü!«
Aber nein! – noch leben sie! –

Knusper, knasper! – wie zwei Mäuse
Fressen sie durch das Gehäuse;

Und der Meister Bäcker schrie:
»Ach herrje! da laufen sie!!« –

Dieses war der sechste Streich,
Doch der letzte folgt sogleich.

Letzter Streich

Max und Moritz, wehe euch!
Jetzt kommt euer letzter Streich! –
Wozu müssen auch die beiden
Löcher in die Säcke schneiden?? –

– Seht, da trägt der Bauer Mecke
Einen seiner Maltersäcke. –

Aber kaum daß er von hinnen,
Fängt das Korn schon an zu rinnen.

Und verwundert steht und spricht er:
»Zapperment! Dat Ding wird lichter!«

Hei! Da sieht er voller Freude
Max und Moritz im Getreide.

Rabs!! – in seinen großen Sack
Schaufelt er das Lumpenpack.

Max und Moritz wird es schwüle,
Denn nun geht es nach der Mühle. –

»Meister Müller, he, heran!
Mahl er das, so schnell er kann!«

»Her damit!« – Und in den Trichter
Schüttelt er die Bösewichter. –

Rickeracke! Rickeracke!
Geht die Mühle mit Geknacke.

Hier kann man sie noch erblicken
Fein geschroten und in Stücken.

Doch sogleich verzehret sie
Meister Müllers Federvieh. –

Schluß

Als man dies im Dorf erfuhr,
War von Trauer keine Spur. –
– Witwe Bolte, mild und weich,
Sprach: »Sieh da, ich dacht es gleich!« –
– »Ja ja ja!« rief Meister Böck –
»Bosheit ist kein Lebenszweck!« –
– Drauf so sprach Herr Lehrer Lämpel:
»Dies ist wieder ein Exempel!« –
– »Freilich!« meint der Zuckerbäcker,
»Warum ist der Mensch so lecker?!«–
– Selbst der gute Onkel Fritze
Sprach: »Das kommt von dumme Witze!« –
– Doch der brave Bauersmann
Dachte: »Wat geiht meck dat an?!« –
– Kurz, im ganzen Dorf herum
Ging ein freudiges Gebrumm:
»Gott sei Dank! Nun ist's vorbei
Mit der Übeltäterei!!«

Ein Neujahrskonzert

Aus: ›Fliegende Blätter‹, 1865

Zum neuen Jahr begrüßt euch hier
Ein Virtuos auf dem Klavier.
Er führ' euch mit Genuß und Gunst
Durch alle Wunder seiner Kunst.

1. Silentium.

2. Introduzione.

3. Scherzo.

4. Adagio.

5. Adagio con sentimento.

6. Piano.

7. Smorzando.

8. Maëstoso.

9. Capriccioso.

10. Passaggio chromatico.

11. Fuga del diavolo.

12. Forte vivace.

13. Fortissimo vivacissimo.

14. Finale furioso.

15. Bravo-bravissimo.

Der Katzenjammer am Neujahrsmorgen

Aus: ›Fliegende Blätter‹, 1868

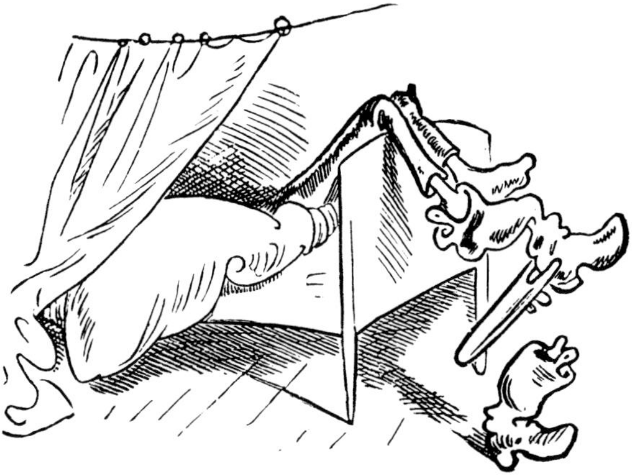

Am Morgen nach Silvester

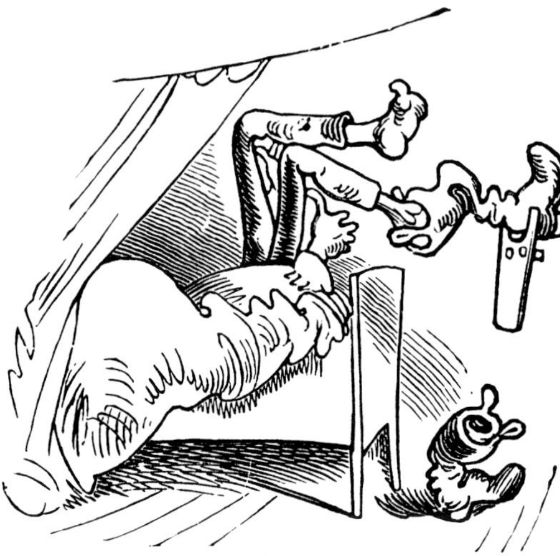

Schmerz in den Kniegelenken

Gesteigerte Sensibilität der Haarspitzen, vulgo Haarweh

Wiederkehrendes Bewußtsein

Subjektive Farbenerscheinung in Gestalt
beweglicher Flecken

Gemeines Schädelweh

Wo hab' ich denn das heut' nacht erwischt?!

Ohha? – Noch immer ein bissel wackelig?!

Versuch einer Morgenpfeife

Auch zuwider!!

Wo im Dunkeln die Uhr hingelegt wurde

Der Hausgang neu angestrichen

O weh! Der neue Zylinder im Waschbecken.

Das Geld ist auch fort.

Doch finden sich noch drei Kreuzer im Stiefel.

Abkühlung und Erfrischung

Ein Magenbitter

Brrr!

Nach dieser heilsamen Erschütterung geht's ja soweit wieder ganz gut.

Die Verwandlung

Aus: ›Münchener Bilderbogen‹, 1868

Die gute Schwester Anna spricht
Zu Bruder Karl: »Ach, nasche nicht!«

Doch der will immer weiter lecken,
Da kommt die Mutter mit dem Stecken.

Er läuft bis vor das Hexenhaus,
Da baumelt eine Wurst heraus.

Schwipp! fängt ihn mit der Angel schlau
Die alte, böse Hexenfrau.

Dem Karl ist sonderbar zumute,

Die Hexe schwingt die Zauberrute.

Und macht durch ihre Hexerein

Aus Karl ein kleines Quiekeschwein.

Schon fängt der Hexe böser Mann
Das Messer scharf zu schleifen an.

Da findet das treue Schwesterlein
Die Wunderblume mit lichtem Schein.

Und eben als die Bösen trachten,
Das Quiekeschwein sich abzuschlachten,

Da tritt herein das Ännchen. – Das Schwein quiekt und rennt
Die Hexe fällt ins Messer, der böse Mann verbrennt.

Und Bruder Karl verliert auch bald
Die traurig-schweinerne Gestalt:

Da ist er froh
Und spricht: »Nie mach' ich's wieder so!«

Die Versuchung des hl. Antonius

Ein Ballett. Aus ›Skizzenbücher‹, 1865

Von Friedrich Bohne, dem Herausgeber der Gesamtausgabe der Werke Wilhelm Buschs, stammt die Datierung der Bildfolge: »Dürfte im Spätsommer 1865 in München entstanden sein.« 1870 hat Busch diese Episode in abgewandelter, teilweise erweiterter Form in seine Bilderzählung Der heilige Antonius von Padua *übernommen. Da die von Buschs Hand skizzierte »Versuchung« der späteren, zudem von fremder Hand in Holz gestochenen Reinzeichnung an komischer Kraft und Dreistheit der Bewegung weit überlegen ist, mag sie belegen, was der Zeichner Busch alles konnte: Alles!*

Der heilige Antonius von Padua
Saß oftmals ganz alleinig da
Und las bei seinem Heiligenschein
Meistens bis tief in die Nacht hinein.

Einst als er wieder so sitzt und liest,
Auf einmal – so räuspert sich was und niest;

Und wie er sich umschaut, der fromme Mann,
Steht da ein nettes Mädchen und schaut ihn schmachtend an.

Der heilige Antonius von Padua
War aber ganz ruhig, als dies geschah,
Und dachte bei sich: Schau du nur zu!
Du störst mich nicht in meiner christlichen Ruh! –

Nicht lange, als er wieder so saß
Und weiter in seinem Buche las,
Husch! Da krabbelt's ihm auf der Glatze und hinterm Ohr,
Daß er nicht wußte, ob er warm war oder ob er fror. –

Der heilige Antonius von Padua
Verhielt sich aber ganz ruhig, als dies geschah,
Und dachte bei sich: Krabble du nur zu!
Du störst mich nicht in meiner christlichen Ruh! –

Nicht lange, als er wieder so saß
Und weiter in seinem Buche las,
Auf einmal, er wußte selber nicht wie,

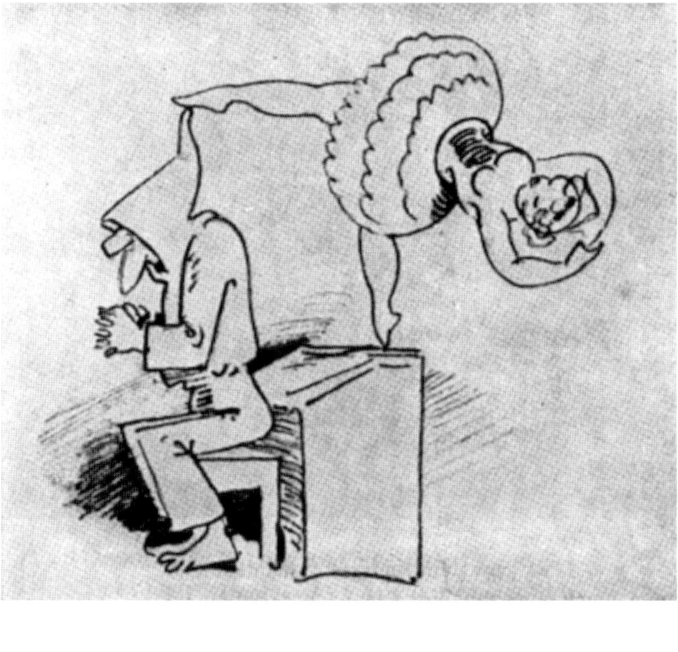

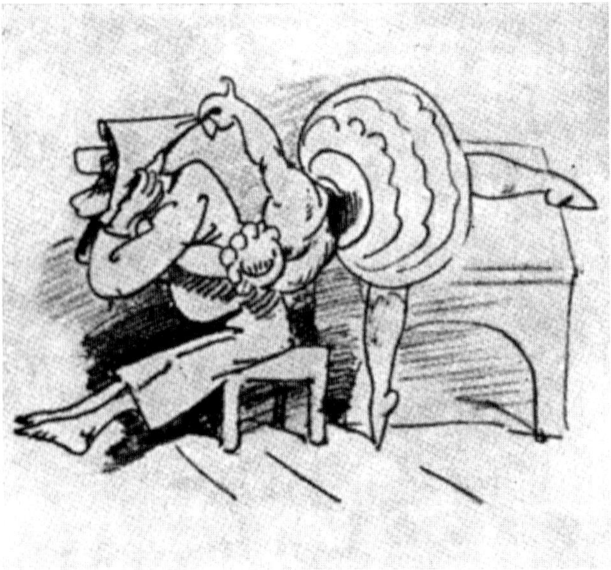

Setzt sich das Mädchen ihm gar aufs Knie

Und gibt dem heiligen Antonius
Rechts und links einen herzhaften Kuß

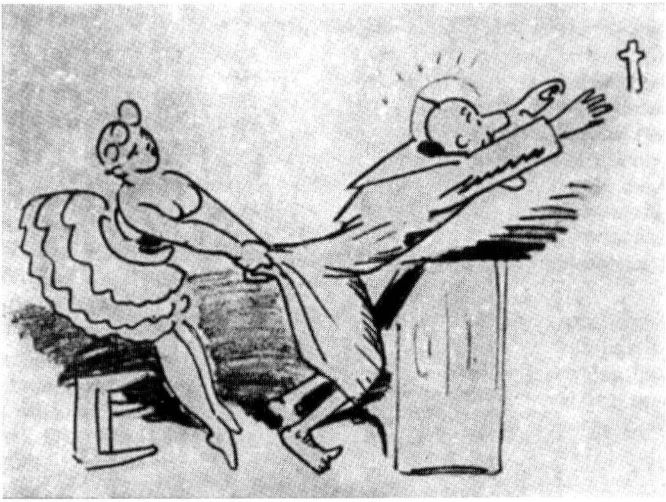

Der heilige Antonius von Padua
War aber nicht ruhig, als dies geschah:
Zornig sprang er vom Stuhl und griff an die Wand
Und nahm das Kreuz in seine Hand

Und hielt es der schönen Verführerin vor –
Puh! Da war's der Teufel

und fuhr durchs Ofenrohr.

Der heilige Antonius ruhig und heiter
Las aber in seinem Buche weiter. –
O heiliger Antonius von Padua,
Bitte führ mich und bleibe mir nah!
Und laß mich doch auf dieser Erden
Auch so ein frommer Heilger werden! –
O heiliger Antonius von Padua, Du kennst mich ja!

Der hl. Antonius von Padua

1870

»Der etwas derbe Ton fand seinen Rückhalt an Legenden, Volksliedern und Märchen, worin zum Beispiel der Heilige Petrus in ungenierter kräftiger Weise behandelt wird«, schrieb Busch am 12.8.1870 an seinen Verleger Schauenburg. Derb und kräftig geht es auch in den folgenden Episoden zu:

Zwei Stimmen von oben

In Sachen des Klosters ausgesandt,
Kam Bruder Antonio einst über Land.
Und ihm zur Seite, mit leichtem Fuß,
Schritt Doktor Alopecius.
(Ach! das war auch so einer von denen!)
Rechts und links begrüßt er die ländlichen Schönen,
Faßt sie beim Kinn, anmutig-milde,
Schenkt ihnen gar schöne Heiligenbilde,

Und macht auch wohl so hin und wieder
Dominus vobiscum! über das Mieder.
Wie man denn meistens auf der Reis'
Die Schönheit der Natur erst recht zu würdigen weiß.

Bruder Antonio aber dagegen,
Dem nichts an irdischer Liebe gelegen,
Trug einzig allein in Herz und Sinn
Die süße Himmelskönigin.

Er wandelt abseits und schaut sich nicht um,
Er spricht das salve und sub tuum praesidium.
So zogen sie weiter. Der Tag verstrich.
Der Abend wird schwül. Es türmet sich
Ein grau Gewölk am Horizonte,
Worin's schon ferne zu donnern begonnte.

Doktor Alopecius, in diesen Sachen
Ein arger Spötter, spricht mit Lachen:
»Na, was hat denn wieder der alte Brummer?
Rumort ja erschröcklich in den Wolken 'rummer!«

Und näher wälzt sich der Wolkenballen.
Gewaltig braust der Sturm. Die Donner schallen.
Bruder Antonio schaut sich nicht um,
Er spricht das salve und sub tuum praesidium.

Der Doktor aber nimmt sein Paraplü,
Spannt's auf und spricht: »Jetzt kommt die Brüh!!«
Horch! – Plötzlich, wie des Gerichts Trompete,
Donnert von oben eine Stimme: »Töte!! Töte!!!«

»Schon recht!!!« – ertönt voll Grimme
Eine zweite Stimme.

Huitt!! – Knatteradoms!! – ein Donnerkeil –
Und Alopecius hat sein Teil.

Bruder Antonio schaut sich nicht um,
Er betet das salve und sub tuum praesidium.

So wandelt er weiter in stillem Gebete. –

Und wieder donnert die erste Stimme: »Töte! Töte!!!«

»Ja, töte, töte!! Sie leid't's halt nit!!!«
So ruft voll Grimme
Die zweite Stimme.
Und grollend zog das Wetter hinunter. –

– Antonio aber, getrost und munter,

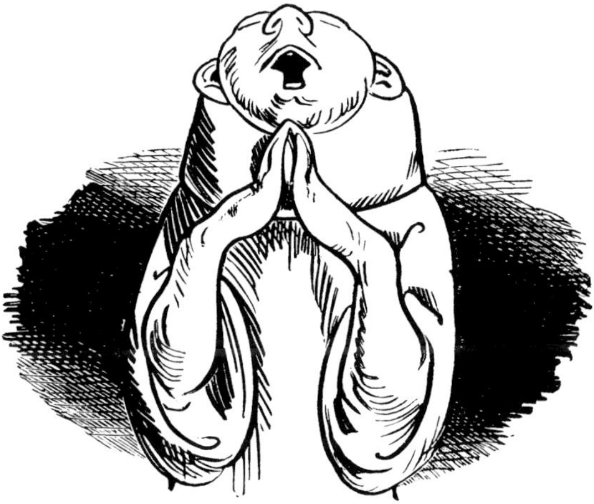

Zieht seines Weges fürderhin
(Dank dir, o Himmelskönigin!)
Bis Padua, die werte Stadt,
Ihn wieder aufgenommen hat.

Wallfahrt

Ein Christ verspüret großen Drang,
Das heil'ge Grab zu sehn;
Drum will Antonius schon lang
Dahin wallfahrten gehn.
Es schickt sich, daß ein frommer Mann
Die Sache überlegt;
Er schafft sich einen Esel an,
Der ihm den Ranzen trägt.

So zogen sie hinaus zum Tor
Und fürder allgemach;
Der Heilige, der ging hervor,
Der Esel hinten nach.

Da kam aus seinem Hinterhalt
Ein Bär in schnellem Lauf;
Er greift den Esel alsobald
Und zehrt ihn mählich auf.

Antonius, als ein guter Christ,
Schaut's an mit Seelenruh':
»He, Alter! Wenn du fertig bist, –
Wohlan! – so trage du!«

Der heilige Antonius macht
Sich bald das Ding bequem;
Er setzt sich auf und reitet sacht
Bis nach Jerusalem.

Wo Salomonis Tempel stand,
Liegt mancher dicke Stein;
Den allerdicksten, den er fand,
Packt St. Antonius ein.

Er sprach: »Den Stein, den nehm' ich mit!«
Der Bär, der macht: Brumm brumm!

Das hilft ihm aber alles nit,
Wir kümmern uns nicht drum.

Der Bär, obschon ganz krumm und matt,
Setzt sich in kurzen Trab

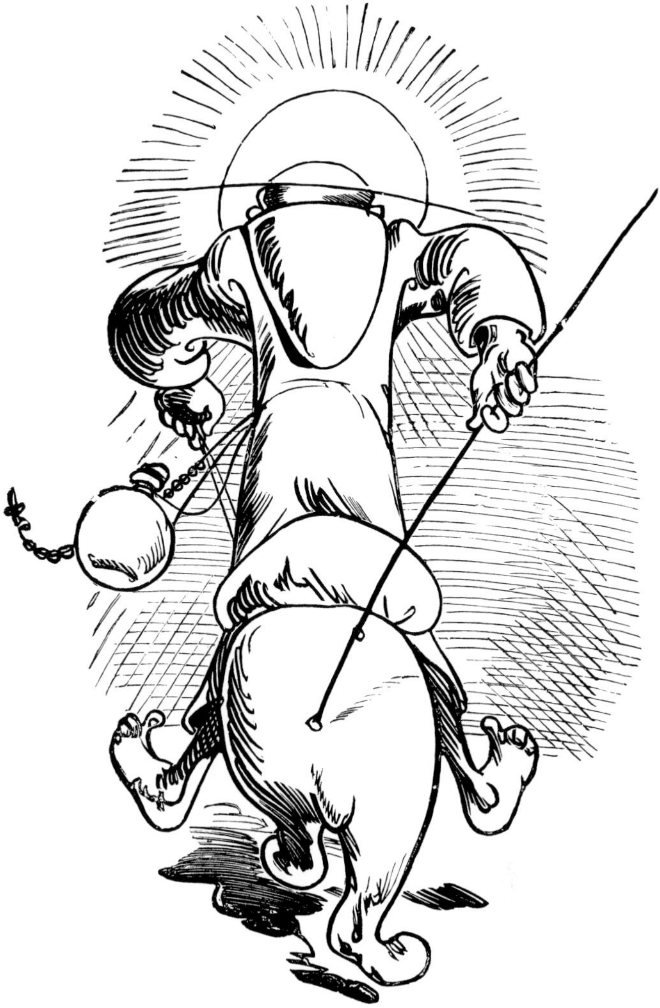

Bis hin nach Padua der Stadt;
Da stieg Antonius ab.

Und milde sprach der heil'ge Mann:
»Mein Freund, du kannst nun gehn!
Und wie es einem gehen kann,
Das hast du nun gesehn!«

Der Bär, als er zum Walde schlich,
Der brummte vor sich her:
»Mein lebelang bekümmr' ich mich
Um keinen Esel mehr!«

Klausnerleben und Himmelfahrt

Der heilige Antonius, so wird berichtet,
Hat endlich ganz auf die Welt verzichtet;

Ist tief, tief hinten im Wald gesessen,
Hat Tau getrunken und Moos gegessen,
Und sitzt und sitzt an diesem Ort
Und betet, bis er schier verdorrt
Und ihm zuletzt das wilde Kraut
Aus Nase und aus Ohren schaut.
Er sprach: »Von hier will ich nicht weichen,
Es käm' mir denn ein glaubhaft Zeichen!«

Und siehe da! – Aus Waldes Mitten
Ein Wildschwein kommt dahergeschritten,

Das wühlet emsig an der Stelle
Ein Brünnlein auf, gar rein und helle,

Und wühlt mit Schnauben und mit Schnüffeln
Dazu hervor ein Häuflein Trüffeln. –
Der heilige Antonius, voll Preis und Dank,
Setzte sich nieder, aß und trank
Und sprach gerührt: »Du gutes Schwein,
Du sollst nun ewig bei mir sein!«

So lebten die zwei in Ewigkeit
Hienieden auf Erden noch lange Zeit,

Und starben endlich und starben zugleich
Und fuhren zusammen vors Himmelreich. –
»Au weih geschrien! Ein Schwein, ein Schwein!«
So huben die Juden an zu schrein;
Und auch die Türken kamen in Scharen
Und wollten sich gegen das Schwein verwahren. –

Doch siehe! – Aus des Himmels Tor
Tritt unsre liebe Frau hervor.
Den blauen Mantel hält die Linke,
Die Rechte sieht man sanft erhoben,
Halb drohend, halb zum Gnadenwinke;
So steht sie da, von Glanz umwoben.

»Willkommen! Gehet ein in Frieden!
Hier wird kein Freund vom Freund geschieden.
Es kommt so manches Schaf herein,
Warum nicht auch ein braves Schwein!!«
Da grunzte das Schwein, die Englein sangen.
So sind sie beide hineingegangen.

Die Folgen der Kraft

Aus: ›Münchener Bilderbogen‹, 1871

Mit kühnem Mut aus seinem Bett
Schwingt sich der Turner Hoppenstedt.

Schon ist das Hantelpaar bereit
Zu frisch-fromm-freier Tätigkeit.

Der Bizeps wird zuerst geübt,
Er, der dem Arm die Spannkraft gibt.

Einseitig aber ist der Mann,
Der's nicht mit beiden Händen kann.

Stramm sei der Nacken, daß man trage
Das Vollgewicht in kühner Waage.

Besonders auch versäumt er nie
Des Beines Muskelenergie.

Derweil sitzt unten beim Kaffee
Herr Meck und deutet in die Höh'.

Es wächst die Kraft. – Doch unten hier
Liest Vater Meck in dem Kurier.

Und kracks! – zu groß wird das Gewicht;
Die Decke trägt es nicht – und – bricht.

Und Hoppenstedt, wie er sich stemme,
Saust schon in Topf und Butterbemme.

Man läuft, man fällt nach allen Seiten,
Und Hoppenstedt fängt an zu reiten.

Er eilt hinaus mit schellem Schritt,
Und Topf und Butter eilen mit.

Am schlimmsten aber – oh! oh! oh! –
Erging es dem guten Fidelio.

Die fromme Helene

1872

Die elternlose Helene wächst auf dem Lande beim kinderlosen Paar Onkel und Tante Nolte auf. Dort lernt sie nicht nur Vetter Franz kennen und lieben, sondern macht sich auch durch wenig mädchenhafte Streiche derart unbeliebt, daß sie in eine Stadt zurückgeschickt wird, die unschwer als Frankfurt am Main, Buschs Domizil der frühen siebziger Jahre, zu erkennen ist. Älter geworden beschließt Helene, sich zu verheiraten: »Ich nehme Schmöck und Kompanie.«

Da die Ehe kinderlos bleibt, geht sie auf Wallfahrt, begleitet von Vetter Franz, »den seit kurzem die Bekannten / Nur den ›heil'gen‹ Franz benannten.«

Ein Zwillingspaar ist die Folge, dem Vetter Franz wie aus dem Gesicht geschnitten und für Schmöck Anlaß für ein ausgedehntes Essen, in dessen Verlauf er an einer Gräte erstickt. Fortan ist von Kindern nicht mehr die Rede, dafür um so mehr von deren Erzeugern:

Vierzehntes Kapitel

»O Franz!« – spricht Lene – und sie weint –
»O Franz! Du bist mein einz'ger Freund!«

»Ja!« – schwört der Franz mit mildem Hauch –
»Ich war's, ich bin's und bleib es auch!

Nun gute Nacht! Schon tönt es zehn!
Will's Gott! Auf baldig Wiedersehn!«

Die Stiegen steigt er sanft hinunter. –
Schau, schau! Die Kathi ist noch munter.

Das freut den Franz. – Er hat nun mal
'n Hang fürs Küchenpersonal.

Der Jean, der heimlich näher schlich,
Bemerkt die Sache zorniglich.

Von großer Eifersucht erfüllt,
Hebt er die Flasche rasch und wild.

Und – Kracks! – Es dringt der scharfe Schlag
Bis tief in das Gedankenfach.

’s ist aus! – Der Lebensfaden bricht. –
Helene naht. – Es fällt das Licht. –

Fünfzehntes Kapitel

Ach, wie ist der Mensch so sündig! –
Lene, Lene! Gehe in dich! –

Und sie eilet tieferschüttert
Zu dem Schranke schmerzdurchzittert.

Fort! Ihr falschgesinnten Zöpfe,
Schminke und Pomadetöpfe!

Fort! Du Apparat der Lüste,
Hochgewölbtes Herzgerüste!

Fort vor allem mit dem Übel
Dieser Lust- und Sündenstiebel!

Trödelkram der Eitelkeit,
Fort, und sei der Glut geweiht!!

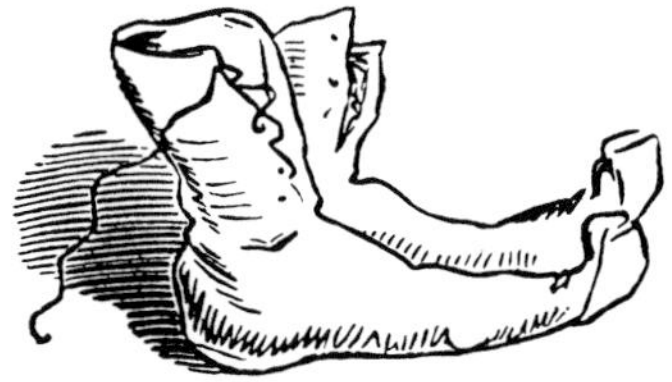

Oh, wie lieblich sind die Schuhe
Demutsvoller Seelenruhe!! –

Sieh, da geht Helene hin,
Eine schlanke Büßerin!

Sechzehntes Kapitel

Es ist ein Brauch von alters her:
Wer Sorgen hat, hat auch Likör!

»Nein!« – ruft Helene – »Aber nun
Will ich's auch ganz – und ganz – und ganz –
und ganz gewiß nicht wieder tun!«

Sie kniet von ferne fromm und frisch.
Die Flasche stehet auf dem Tisch.

Es läßt sich knien auch ohne Pult.
Die Flasche wartet mit Geduld.

Man liest nicht gerne weit vom Licht.
Die Flasche glänzt und rührt sich nicht.

Oft liest man mehr als wie genug.
Die Flasche ist kein Liederbuch.

Gefährlich ist des Freundes Nähe.
O Lene, Lene! Wehe, Wehe!

O sieh! – Im sel'gen Nachtgewande
Erscheint die jüngstverstorb'ne Tante.

Mit geisterhaftem Schmerzgetöne –
»Helene!« – ruft sie – »Oh, Helene!!!«

Umsonst! – Es fällt die Lampe um,
Gefüllt mit dem Petroleum.

Und hilflos und mit Angstgewimmer
Verkohlt dies fromme Frauenzimmer.

Hier sieht man ihre Trümmer rauchen.
Der Rest ist nicht mehr zu gebrauchen.

Siebzehntes Kapitel

Hu! draußen welch ein schrecklich Grausen!
Blitz, Donner, Nacht und Sturmesbrausen! –

Schon wartet an des Hauses Schlote
Der Unterwelt geschwänzter Bote.

Zwar Lenens guter Genius
Bekämpft den Geist der Finsternus.

Doch dieser kehrt sich um und packt
Ihn mit der Gabel zwiegezackt.

O weh, o weh! der Gute fällt!
Es siegt der Geist der Unterwelt.

Er faßt die arme Seele schnelle
Und fährt mit ihr zum Schlund der Hölle.

Hinein mit ihr! – Huhu! Haha!
Der heil'ge Franz ist auch schon da. –

Schluß

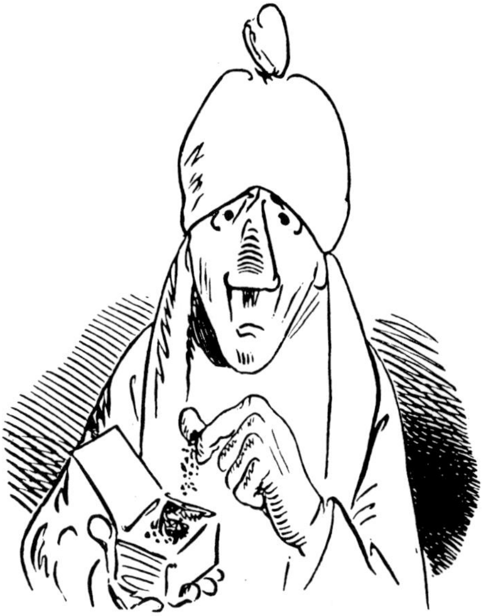

Als Onkel Nolte dies vernommen,
War ihm sein Herze sehr beklommen.

Doch als er nun genug geklagt:
»Oh!« – sprach er – »Ich hab's gleich gesagt!«

»Das Gute – dieser Satz steht fest –
Ist stets das Böse, was man läßt!«

»Ei ja! – da bin ich wirklich froh!
Denn, Gott sei Dank! Ich bin nicht so!!«

Der Geburtstag oder Die Partikularisten

1873

»Im weißen Pferd«, eine Anspielung auf das Niedersachsenroß, sitzen niedersächsische Männer beisammen und betrauern, betreut von Mutter Köhm, in niederdeutschem Platt die Reichsgründung Bismarcks und den Verlust ihres welfisch-hannoveranischen Königshauses: »Uns olle König mot weer her'!!«

Der Geburtstag des Welfensprosses soll mit einem zünftigen Geschenk gefeiert werden: Der Vorschlag des Apothekers Pille, Seiner Exmajestät ein Dutzend Flaschen des von ihm kreierten segensreichen Labetranks »Busenfreund« zu schicken, stößt auf Zustimmung, führt aber ebensowenig zum Erfolg wie die anschließend beschlossenen Geschenke auf Eier- und Butterbasis. Dabei läßt sich der Tag der Geschenkübergabe so schön an:

Der Busenfreund

Es war ein schönes Morgenrot.
Die Hähne krähn, es dampft der Schlot.
Schon hörte man, wie Müseling,
Der Kuhhirt, an zu tuten fing.
Und jeder holet aus dem Stalle
Bei lustigem Trompetenschalle
Die krummgehörnten Buttertiere,
Daß Müseling sie weiterführe.

Wer auch schon munter, das ist Pille.
Er bürstet seine Sonntagshülle
Und rüstet sich beizeiten schon
Zu seiner hohen Staatsmission. –

Allhier im Korbe, eng vereint,
Sind zwanzig Flaschen Busenfreund.

Und hier der Nachbar Fritze Jost
Befördert sie zur nächsten Post.
»Nur ja recht sachte und gemach!«
Ruft Pille – »Gleich, gleich komm ich nach!« –

Schon hinter Meiers alter Planke
Kommt Fritze Josten ein Gedanke.

Verlockend ist der äußre Schein.

Der Weise dringet tiefer ein.

Hier trägt er neugestärkt und heiter
Die süße Bürde emsig weiter.

Doch allbereits an Müllers Hecke
Verweilt er zu demselben Zwecke.

Bald treibt ein süßes Hochgefühl
Ihn weiter fort zu seinem Ziel.

Nur an der ernsten Kirchhofsmauer
Nimmt er es noch einmal genauer.

Zum Schlusse sieht er sich genötigt,
Hinwegzuschaffen, was erledigt. –

Nun aber zeigt er sich alsbald
Als eine schwankende Gestalt,

Die an der Mauer festbegründet
Bis jetzt noch eine Stütze findet.

Indessen bald so fehlt die Stütze. –
Der Busenfreund rinnt in die Pfütze. –

Mit viel Geschrei in einer Reih
Kommt eine Gänseschar herbei.

Als nun die Schnabbelei begann,

Schaut eine Gans die andre an.

Sie tauchen froh nach kurzer Zeit
Sich tiefer in die Süßigkeit,

Derweil die Frösche schnell und grün
Aus tiefem Grund ans Ufer fliehn. –

Grad kommen, denn es ist halb neune,
Der Schweinehirt und seine Schweine.

Nun wird es lustig allerseits.
Die Gänse wackeln schon bereits.

Dem Hirt sein Bock fängt an zu springen,
Die Schweine wälzen sich und singen.

Viel Kurzweil treibt man anderweitig

Sowohl allein wie gegenseitig.

Jetzt eilt die Bauernschaft herbei
Und wundert sich, was dieses sei.

Bald ist auch Pille reisefertig
Bei diesem Schauspiel gegenwärtig.

Zuerst erfaßt zu aller Schreck
Der Ziegenbock den Schneider Böck.

Auf seinem zackigen Gehörne
Trägt er denselben in die Ferne.

Der Bürgermeister, ängstlich blau,
Bewegt sich fort auf Kanters Sau.

Jetzt kommen, Pille in der Mitten,
Zwei alte Weiber angeritten.

Herr Pille aber wird zuletzt
Vor einer Stalltür abgesetzt.

Hierbei verlieret seinen Glanz
Der schöne Sonntagsschwalbenschwanz. –

Als man hierauf verwundersam
In einem Kreis zusammenkam,
Da hieß es: »Kommt na Mutter Köhmen,
Up düt da will wi Einen nöhmen!!«

Gesagt, getan! – Für Mutter Köhm
Ist dies natürlich angenehm.

Abenteuer eines Junggesellen

Die Knopptrilogie I, 1875

Der unvermählte Tobias Knopp ist des Alleinseins müde und begibt sich auf Reisen. Seine Besuche bei fast durchweg verheirateten Freunden führen ihn die diversen Seiten des Ehelebens vor Augen, beziehungsweise die Eitelkeit alles menschlichen, zumal männlichen Tuns:

Ein frohes Ereignis

Knopp verfügt sich weiter fort
Bis an einen andern Ort.
Da wohnt einer, den er kannte,
Der sich Sauerbrot benannte.

Sauerbrot, der fröhlich lacht,
Hat sich einen Punsch gemacht.

»Heißa!!« – rufet Sauerbrot –
»Heißa! Meine Frau ist tot!!

Hier in diesem Seitenzimmer
Ruhet sie bei Kerzenschimmer.

Heute stört sie uns nicht mehr,
Also, Alter, setz dich her,

Nimm das Glas und stoße an,
Werde niemals Ehemann,
Denn als solcher, kann man sagen,
Muß man viel Verdruß ertragen.

Kauf Romane und Broschüren,
Zahle Flechten und Turnüren,
Seidenkleider, Samtjacketts,
Zirkus- und Konzertbilletts –
Ewig hast du Nöckerei.
Gott sei Dank, es ist vorbei!!«

Es schwellen die Herzen,
Es blinkt der Stern.
Gehabte Schmerzen
Die hab ich gern.

Knarr! – da öffnet sich die Tür.

Wehe! Wer tritt da herfür!?
Madam Sauerbrot, die schein-
Tot gewesen, tritt herein.

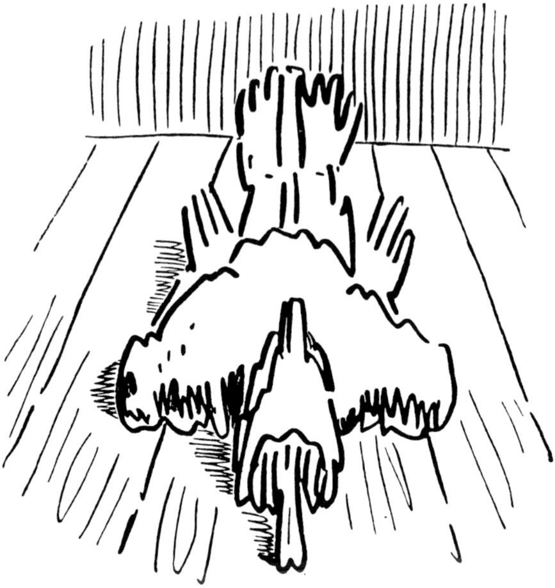

Starr vor Schreck wird Sauerbrot,
Und nun ist er selber tot. –

Knopp vermeidet diesen Ort
Und begibt sich eilig fort.

Abschreckendes Beispiel

Knopp begibt sich eilig fort
Bis zum höchsten Bergesort.

Hier in öder Felsenritzen
Sieht er einen Klausner sitzen.

Dieser Klausner, alt und greis,
Tritt aus seinem Steingehäus.

Und aus Knoppen seiner Tasche
Hebt er ernst die Wanderflasche.

»Ich« – so spricht er – »heiße Krökel
Und die Welt ist mir zum Ekel.
Alles ist mir einerlei.

Mit Verlaub! Ich bin so frei.

Oh, ihr Bürsten, oh, ihr Kämme,
Taschentücher, Badeschwämme,
Seife und Pomadebüchse,
Strümpfe, Stiefel, Stiefelwichse,
Hemd und Hose, alles gleich,
Krökel, der verachtet euch.
Mir ist alles einerlei.

Mit Verlaub, ich bin so frei.

Oh, ihr Mädchen, oh, ihr Weiber,
Arme, Beine, Köpfe, Leiber,
Augen mit den Feuerblicken,
Finger, welche zärtlich zwicken
Und was sonst für dummes Zeug –
Krökel, der verachtet euch.
Mir ist alles einerlei.

Mit Verlaub, ich bin so frei.

Nur die eine, himmlisch Reine,
Mit dem goldnen Heilgenscheine
Ehre, liebe, bet ich an;
Dich, die keiner kriegen kann,
Dich du süße, ei ja ja,
Heil'ge Emmerenzia.
Sonst ist alles einerlei.

Mit Verlaub, ich bin so frei.

Hiermit senkt der Eremit
Sich nach hinten. – Knopp entflieht.
Knopp der denkt sich: dieser Krökel
Ist ja doch ein rechter Ekel;
Und die Liebe per Distanz,
Kurz gesagt, mißfällt mir ganz.

Schnell verlassend diesen Ort
Eilet er nach Flause fort.

Julchen

Die Knopptrilogie III, 1877

Im zweiten Teil der Knopptrilogie hat der Held seine Haushälterin geheiratet und ist zum guten Ende Vater eines Mädchens, Julchen, geworden. Das sorgt im dritten Teil des Werks für Überraschungen:

Ein festlicher Morgen

Einszweidrei, im Sauseschritt
Läuft die Zeit; wir laufen mit. –

Julchen ist schon sehr verständig
Und bewegt sich eigenhändig. –

Heut ist Feiertag; und siehe!
Schon streicht Knopp in aller Frühe
Luftiglosen Seifenschaum
Auf des Bartes Stachelflaum.
Heut will er zur Messe gehn,
Denn da singt man doch so schön.

Frau Dorette trägt getreu
Frack und Biberhut herbei.

Julchen gibt indessen acht,
Was der gute Vater macht.

Bald ist seine Backe glatt,
Weil er darin Übung hat.

In die Kammer geht er nun,
Julchen macht sich was zu tun.

Gern ergreifet sie die Feder
An des Vaters Schreibkatheder.

Reizend ist die Kunstfigur
Einer Ticktacktaschenuhr.

Ach herrje! Es geht klabum!
Julchen schwebt; der Stuhl fällt um.

Allerdings kriegt Julchen bloß
Einen leichten Hinterstoß,
Doch die Uhr wird sehr versehrt
Und die Tinte ausgeleert. –

Schmiegsam, biegsam, mild und mollig
Ist der Strumpf, denn er ist wollig.

Drum wird man ihn gern benutzen,
Um damit was abzuputzen. –

Wohlbesorgt ist dieses nun.
Julchen kann was andres tun. –

Keine Messer schneiden besser
Wie des Bartes Putzemesser.

Wozu nützen, warum sitzen
An dem Frack die langen Spitzen??
Hier ein Schnitt und da ein Schnitt,
Ritscheratsche, weg damit. –

Wohlbesorgt ist dieses nun.
Julchen kann was andres tun. –

In des Vaters Pfeifenkopf
Setzt sich oft ein fester Pfropf,
Ja, was schlimmer, die bewußte
Alte, harte, schwarze Kruste;

Und der Raucher sieht es gerne,
Daß man sie daraus entferne. –

Wohlbesorgt ist dieses nun.
Julchen kann was andres tun. –

Stattlich ist der Biberhut;
Manchmal paßt er nur nicht gut.

Niemals soll man ihn benützen,
Um bequem darauf zu sitzen.

Seht, da kommt der Vater nun,
Um den Frack sich anzutun.

Schmerzlich sieht er, was geschehn,
Und kann nicht zur Messe gehn.

Die Haarbeutel

1878

»Der ›Haarbeutel‹ war ein schwarzes, taftseidenes Säckchen, das in der Zopfzeit alle trugen, die ihren Oberrock gegen den Puder der Perücke schützen wollten. Beim Gehen schwankte der Haarbeutel lustig hin und her. Er machte schon eine durch Alkoholeinfluß gelinde Störung des Gleichgewichtes deutlich sichtbar. Sei es dieserhalb, sei es, weil das ohnedies unvermeidliche Schwanken des Zopfbehälters an den Gang Betrunkener erinnerte, hat sich da und dort, wo Platt gesprochen wird, der Spottruf ›Haarbüdel!‹ bis auf unsere Tage erhalten.«

Soweit der Busch-Herausgeber Friedrich Bohne zum seltsamen Titel der siebenteiligen Sammlung, in welcher der einem guten Tropfen nicht abholde Busch das Thema Trank, Trunk, Trunkenheit und Betrunkensein von der Antike bis in seine Gegenwart durchspielt:

Silen

Siehe, da sitzet Silen bei der wohlgebildeten Nymphe.
Gern entleert er den Krug, was er schon öfters getan.

Endlich aber jedoch erklimmt er den nützlichen Esel,
Wenn auch dieses nicht ganz ohne Beschwerde geschah.

Fast vergißt er den Thyrsus, woran er sein Lebtag gewöhnt :
Käme derselbe ihm weg, wär'es ihm schrecklich fatal. –

Also reitet er fort und erhebt auf Kunst keinen Anspruch;
Bald mal sitzet er so, bald auch wieder mal so.

Horch, wer flötet denn da? Natürlich, Amor der Lausbub;
Aber der Esel erhebt äußerst bedenklich das Ohr.

Schlimmer als Flötengetön ist das lautlos wirkende Pustrohr;
Pustet man hinten, so fliegt vorne was Spitzes heraus.

Ungern empfindet den Schmerz das redlich dienende Lasttier

Aber der Reiter hat auch manche Geschichten nicht gern.

Leicht erwischt man den Vogel durch List
und schlaue Beschleichung;

Wenn er es aber bemerkt, flieget er meistens davon.

Mancher erreichet den Zweck durch täuschend geübte Verstellung;
Scheinbar schlummert der Leib, aber die Seele ist wach.

Schnupp! Er hat ihn erwischt. Laut kreischt der lästige Vogel,
Während der handliche Stab tönend die Backe berührt.

Übel wird es vermerkt, entrupft man dem Vogel die Feder;
Erstens scheint sie ihm schön, zweitens gebraucht er sie auch.

Heimwärts reitet Silen und spielt auf der lieblichen Flöte,
Freilich verschiedenerlei, aber doch meistens düdellütt!

Fritze

Fritze war ein Ladenjüngling,
Dazu braver Eltern Sohn,
Und er stand bei Kaufmann Kunze
Schon ein Jahr in Konditschon.

»Fritze«, sagte einstens Kunze,
»Ich muß eben mal wohin;
Mache keine dummen Streiche,
Wenn ich nicht zugegen bin.«

Hiermit geht er aus der Türe.
Fritze hält das für ein Glück.
Er ergreift die Kümmelflasche
Und dann beugt er sich zurück.

Sieh, da naht die alte Grete,
Eine Jungfer ernst und still;
Sie verlangt nach grüner Seife,
Weil sie morgen waschen will.

Auch erhub sie eine Klage,
Daß sie's so im Leibe hat,
Weshalb sie vor allen Dingen
Erst um einen Kümmel bat.

Fritze zeigt sich dienstbeflissen.
Ihm ist recht konfus und wohl.
Statt der großen Kümmelflasche
Nimmt er die mit Vitriol.

Jungfer Grete, voller Freuden,
Greift begierig nach dem Glas;
Fritz, der grünen Seife wegen,
Beugt sich übers Seifenfaß.

Weh, was muß man nun erblicken?
Wo ist Fritzens Gleichgewicht?
Was sind dies für Angstgebärden
Hier auf Gretens Angesicht?

Fritze strampelt mit den Beinen,
Doch die Seife wird sein Grab;
Greten nagt die scharfe Säure
Ihre Mädchenseele ab.

Kümmel zieret keinen Jüngling,
Dazu ist er noch zu klein;
Und ein braves altes Mädchen
Muß nicht mehr so happig sein.

Eine kalte Geschichte

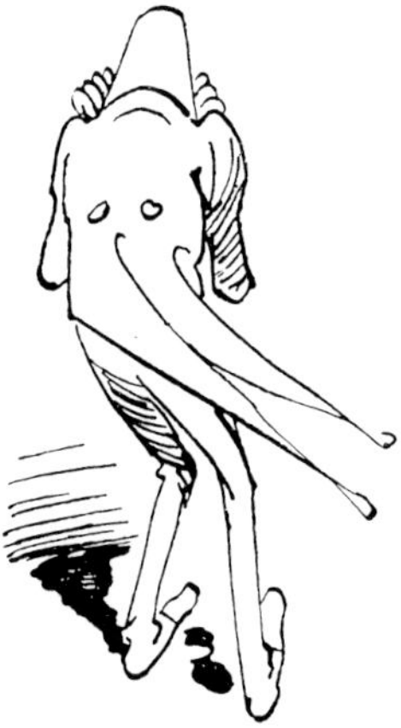

Der Wind der weht, die Nacht ist kühl.
Nach Hause wandelt Meister Zwiel.

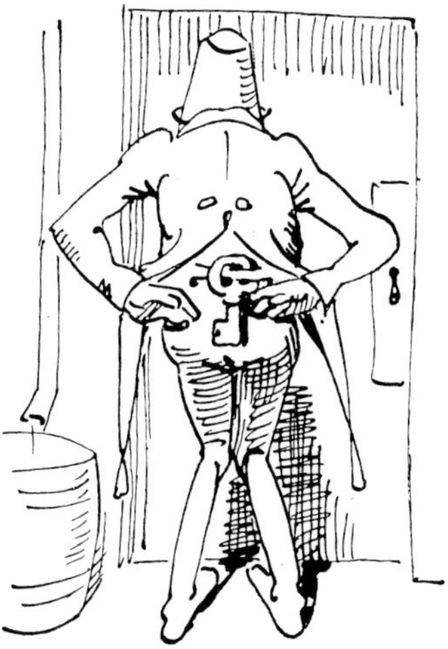

Verständig, wie das seine Art,
Hat er den Schlüssel aufbewahrt.

Das Schlüsselloch wird leicht vermißt,
Wenn man es sucht, wo es nicht ist.

Allmählich schneit es auch ein bissel;
Der kalten Hand entfällt der Schlüssel.

Beschwerlich ist die Bückerei;
Es lüftet sich der Hut dabei.

Der Hut ist naß und äußerst kalt;
Wenn das so fortgeht, friert es bald.

Noch einmal bückt der Meister sich,
Doch nicht geschickt erweist er sich.

Das Wasser in dem Fasse hier
Hat etwa null Grad Reaumur

Es bilden sich in diesem Falle
Die sogenannten Eiskristalle.

Der Wächter singt: Bewahrt das Licht!
Der kalte Meister hört es nicht.

Er sitzt gefühllos, starr und stumm;
Der Schnee fällt drauf und drum herum.

Der Morgen kommt so trüb und grau;
Frau Pieter kommt, die Millichfrau;

Auch kommt sogleich mit ihrem Topf
Frau Zwiel heraus und neigt den Kopf.
»Schau schau!« ruft sie, in Schmerz versunken,
»Mein guter Zwiel hat ausgetrunken!

Von nun an, liebe Madam Pieter,
Bitt ich nur um ein Viertel Liter!«

Die ängstliche Nacht

Heut bleibt der Herr mal wieder lang.
Still wartet sein Amöblemang.

Da kommt er endlich angestoppelt.
Die Möbel haben sich verdoppelt.

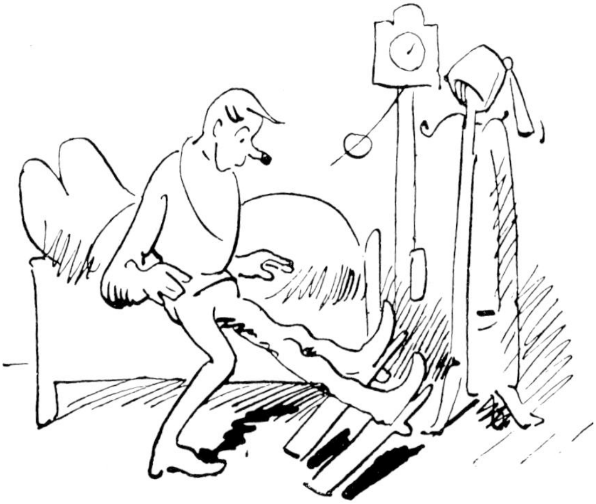

Was wär denn dieses hier? Ei ei!
Aus einem Beine werden zwei.

Der Kleiderhalter, sonst so nütze,
Zeigt sich als unbestimmte Stütze.

Oha! Jetzt wird ihm aber schwach.
Die Willenskräfte lassen nach.

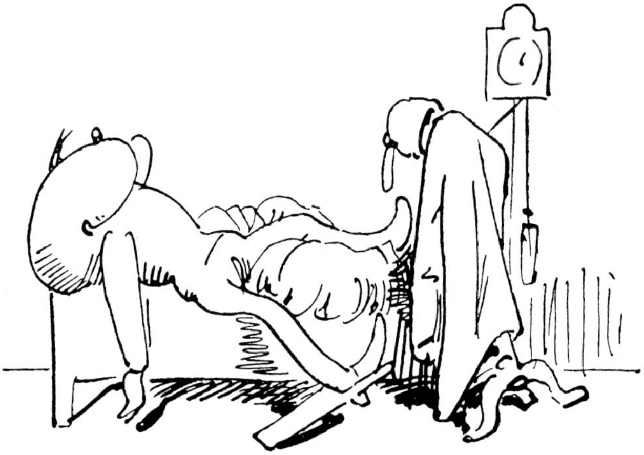

Er sucht auf seiner Lagerstatt
Die Ruhe, die er nötig hat.

Auweh! der Fuß ist sehr bedrückt;
Ein harter Käfer beißt und zwickt.

Der Käfer zwickt, der Käfer kneift;
Mit Mühe wird er abgestreift.

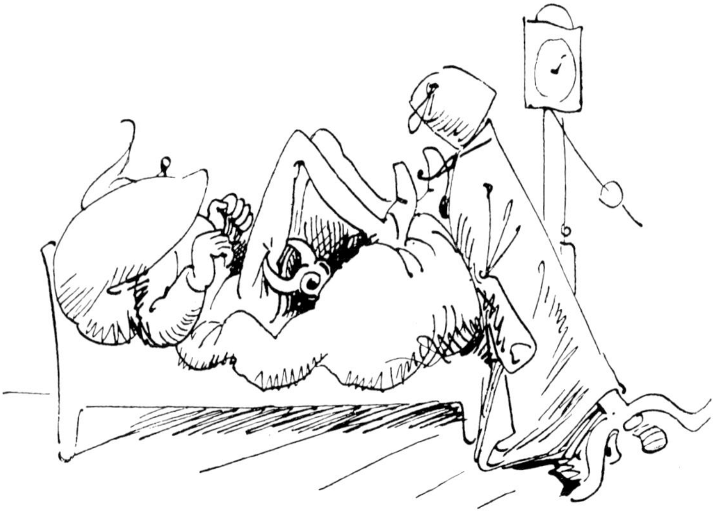

Jedoch die Ruhe währt nicht lange;
Schon wieder zwickt die harte Zange.

Er dreht sich um, so schnell er kann;
Da stößt ihn wer von hinten an.

Habuh! Da ist er! Steif und kalt;
Ein Kerl von scheußlicher Gestalt.

Ha, drauf und dran! Du oder ich!
Jetzt heißt es, Alter, wehre dich!

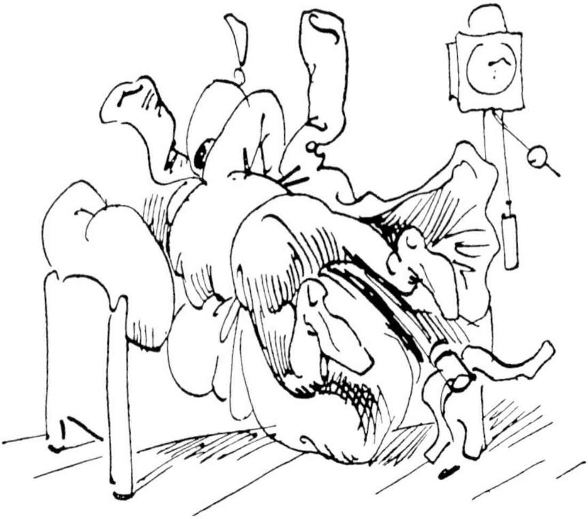

Heiß tobt der Kampf, hoch saust das Bein;
Es mischt sich noch ein Dritter drein.

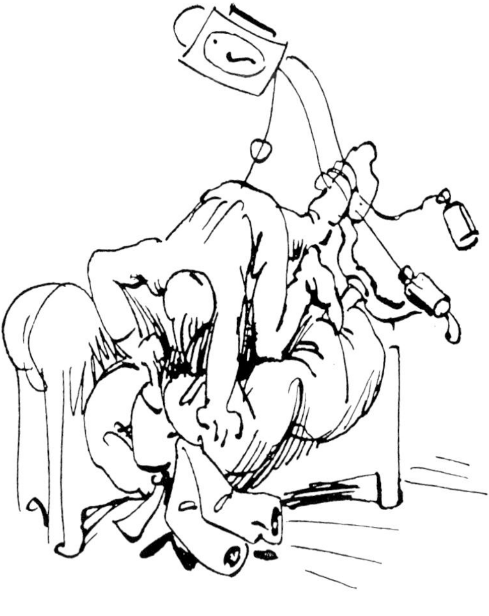

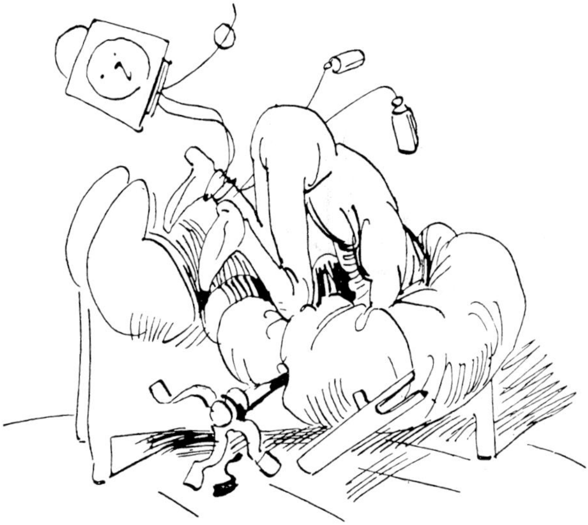

Doch siehe da, der Feind erliegt.
Der Kampf ist aus, er hat gesiegt.

Gottlob, so kommt er endlich nun
Doch mal dazu, sich auszuruhn.

Doch nein, ihm ist so dumpf und bang;
Die Nase wird erstaunlich lang.

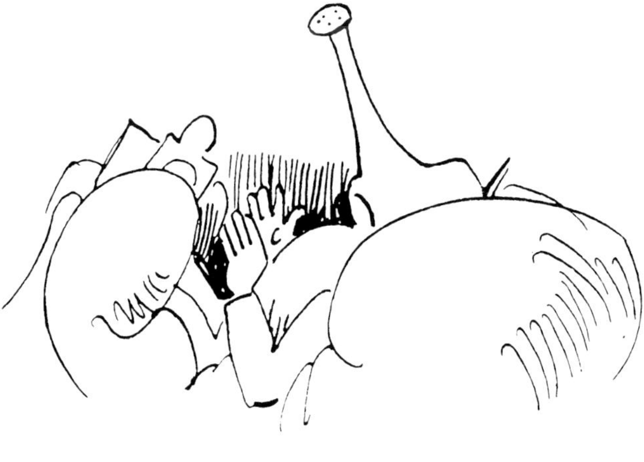

Und dick und dicker schwillt der Kopf;
Er ist von Blech, er wird zum Topf;

Wobei ein Teufel voller List
Als Musikus beschäftigt ist.

Wie er erwacht, das sieht man hier:
Ein jedes Haar ein Pfropfenziehr.

Fipps, der Affe

1879

Der Held wird in Afrika eingefangen und nach Bremen verschleppt. Schon in seiner alten Heimat war »Bosheit sein Lieblingsfach«, in der neuen kommt ihm diese Ausbildung bei der Auseinandersetzung mit einheimischen Bösewichtern zustatten:

Achtes Kapitel

Kaum hat mal einer ein bissel was,
Gleich gibt es welche, die ärgert das. –

Fipps hat sich einen Knochen stibitzt,
Wo auch noch ziemlich was drannen sitzt.
Neidgierig hocken im Hintergrund
Gripps der Kater und Schnipps der Hund.

Wauwau! sie sausen von ihrem Platze.
Happs! macht der Hund, kritzekratze! die Katze;

Daß Fipps in ängstlichem Seelendrang
Eilig auf einen Schrank entsprang,
Allwo man aufbewahren tät
Mancherlei nützliches Handgerät.

Und Gripps der Kater und Schnipps der Hund
Schleichen beschämt in den Hintergrund.

Fipps aber knüpft mit der Hand gewandt
Den Knochen an ein Band, das er fand,
Und schlängelt dasselbe voller List
Durch einen Korb, welcher löchricht ist.

Sogleich folgt Gripps dem Bratengebein

Bis tief in das Korbgeflecht hinein.

Schwupp! hat ihn der Fipps drin festgedrückt,
Und mit der Zange, die beißt und zwickt,

Entfernt er sorgsam die scharfen Klauen.
Ach, wie so kläglich muß Gripps miauen,
Denn grade in seinen Fingerspitzen
Hat er die peinlichsten Nerven sitzen.

Jetzt wird auch noch der Schweif gebogen
Und durch des Korbes Henkel gezogen.
Mit einer Klammer versieht er ihn,
Damit er nicht leichtlich herauszuziehn.
Schnipps der Hund schnappt aber derweilen
Den Knochen und möchte von dannen eilen.

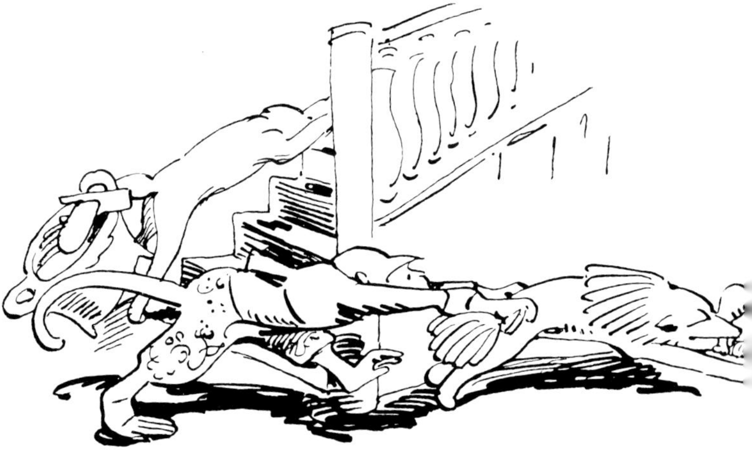

Dieses gelingt ihm jedoch nicht ganz,
Denn Fipps erwischt ihn bei seinem Schwanz

Und schwingt ihn solchermaßen im Kreis,
Bis er nichts Gescheits mehr zu denken weiß.

Hiernach, gewissermaßen als Schlitten,
Ziehet er ihn durch des Hofes Mitten

Und lässet ihn dorten mal soeben
Über dem Abgrund des Brunnens schweben,

Wo ein schwäch- und ängstlich Gemüt
Nur ungern hängt und hinuntersieht.

Drauf so führt er ihn hinten nach
An des Daches Rinne bis auf das Dach

Und lehnet ihn über den Schlot allhier.
Daraus gehet ein merklicher Dampf herfür. –
Dem Auge höchst peinlich ist der Rauch,
Auch muß man niesen und husten auch,
Und schließlich denkt man nichts weiter als bloß:
»Jetzt wird's mir zu dumm und ich lasse los!«
So wird dieser Rauch immer stärker und stärker,
Schnipps fällt rücküber und auf den Erker,

Und Gripps, der grad aus der Luke fährt,
Fühlt plötzlich, ihm wird der Korb beschwert.

Hulterpulter, sie rumpeln in großer Hast
Vom Dach und baumeln an einem Ast.

Hier trennt man sich nicht ohne Pein

Und jeder ist wieder

für sich allein.

Seitdem ward Fipps von diesen zween
Als Meister verehrt und angesehn.

Plisch und Plum

1882

Erstes Kapitel

Eine Pfeife in dem Munde,
Unterm Arm zwei junge Hunde
Trug der alte Kaspar Schlich.–
Rauchen kann er fürchterlich.
Doch, obschon die Pfeife glüht,
Oh, wie kalt ist sein Gemüt! –
»Wozu« – lauten seine Worte –
»Wozu nützt mir diese Sorte?
Macht sie mir vielleicht Pläsier?
Einfach nein! erwidr' ich mir.
Wenn mir aber was nicht lieb,
Weg damit! ist mein Prinzip.«

An dem Teiche steht er still,
Weil er sie ertränken will.
Ängstlich strampeln beide kleinen
Quadrupeden mit den Beinen;
Denn die innre Stimme spricht:
Der Geschichte trau ich nicht! –

Hubs! fliegt einer schon im Bogen.

Plisch! – da glitscht er in die Wogen.

Hubs! der zweite hinterher.

Plum! damit verschwindet er.

»Abgemacht!« rief Kaspar Schlich,
Dampfte und entfernte sich.

Aber hier, wie überhaupt,
Kommt es anders, als man glaubt.
Paul und Peter, welche grade
Sich entblößt zu einem Bade,
Gaben stillverborgen acht,
Was der böse Schlich gemacht.

Hurtig und den Fröschen gleich
Hupfen beide in den Teich.

Jeder bringt in seiner Hand
Einen kleinen Hund ans Land.

»Plisch« – rief Paul – »so nenn ich meinen.«
Plum – so nannte Peter seinen.

Und so tragen Paul und Peter
Ihre beiden kleinen Köter
Eilig, doch mit aller Schonung,
Hin zur elterlichen Wohnung.

Sechstes Kapitel

Plisch und Plum, wie leider klar,
Sind ein niederträchtig Paar;
Niederträchtig, aber einig,
Und in letzter Hinsicht, mein ich,
Immerhin noch zu verehren;
Doch wie lange wird das währen?
Bösewicht mit Bösewicht –
Auf die Dauer geht es nicht.

Vis-à-vis im Sonnenschein
Saß ein Hündchen hübsch und klein.
Dieser Anblick ist für beide
Eine unverhoffte Freude.

Jeder möchte vorne stehen,
Um entzückt hinauf zu spähen.
Hat sich Plisch hervorgedrängt,
Fühlt der Plum sich tief gekränkt.

Drängt nach vorne sich der Plum,
Nimmt der Plisch die Sache krumm.

Schon erhebt sich dumpfes Grollen,
Füße scharren, Augen rollen,

Und der heiße Kampf beginnt;

Plum muß laufen, Plisch gewinnt.

Mama Fittig machte grad
Pfannekuchen und Salat,
Das bekannte Leibgericht,
Was so sehr zum Herzen spricht.

Hurr! da kommt mit Ungestüm
Plum, und Plisch ist hinter ihm.

Schemel, Topf und Kuchenbrei
Mischt sich in die Beißerei. –

»Warte, Plisch! Du Schwerenöter!«
Damit reichte ihm der Peter
Einen wohlgezielten Hieb. –
Das ist aber Paul nicht lieb.

»Warum schlägst du meinen Köter?«
Ruft der Paul und haut den Peter.

Dieser, auch nicht angefroren,
Klatscht dem Paul um seine Ohren.

Jetzt wird's aber desperat. –
Ach, der köstliche Salat
Dient den aufgeregten Geistern,
Sich damit zu überkleistern.

Papa Fittig kommt gesprungen
Mit dem Stocke hochgeschwungen.
Mama Fittig, voller Güte,
Daß sie dies Malör verhüte,
»Bester Fittig« – ruft sie – »faß dich!«
Dabei ist sie etwas hastig.

Ihre Haube, zart umflort,
Wird von Fittigs Stock durchbohrt.
»Hehe!« – lacht der böse Schlich –
»Wie ich sehe, hat man sich!«

Wer sich freut, wenn wer betrübt,
Macht sich meistens unbeliebt.

Lästig durch die große Hitze
Ist die Pfannekuchenmütze.

»Höchst fatal!« – bemerkte Schlich –
»Aber diesmal auch für mich!«

Siebentes Kapitel

Seht, da sitzen Plisch und Plum
Voll Verdruß und machen brumm!
Denn zwei Ketten gar nicht lang,
Hemmen ihren Tatendrang.

Und auch Fittig hat Beschwerden.
»Dies« – denkt er – »muß anders werden!
Tugend will ermuntert sein,
Bosheit kann man schon allein!«

Daher sitzen Paul und Peter
Jetzt vor Bokelmanns Katheder;
Und Magister Bokelmann
Hub, wie folgt, zu reden an:

»Geliebte Knaben, ich bin erfreut,
Daß ihr nunmehro gekommen seid,
Um, wie ich hoffe, mit allen Kräften
Augen und Ohren auf mich zu heften. –
Zum ersten: Lasset uns fleißig betreiben
Lesen, Kopf-, Tafelrechnen und Schreiben,
Alldieweil der Mensch durch sotane Künste
Zu Ehren gelanget und Brotgewinnste.

Zum zweiten: Was würde das aber besagen
Ohne ein höfliches Wohlbetragen;
Denn wer nicht höflich nach allen Seiten,
Hat doch nur lauter Verdrießlichkeiten.
Darum zum Schlusse – denn sehet, so bin ich –,
Bitt ich euch dringend, inständigst und innig,

Habt ihr beschlossen in eurem Gemüte,
Meiner Lehre zu folgen in aller Güte,
So reichet die Hände und blicket mich an
Und sprechet: Jawohl, Herr Bokelmann!«

Paul und Peter denken froh:
»Alter Junge, bist du so??«
Keine Antwort geben sie,
Sondern machen bloß hihi!
Worauf er, der leise pfiff,
Wiederum das Wort ergriff.

»Dieweil ihr denn gesonnen« – so spricht er –
»Euch zu verhärten als Bösewichter,
So bin ich gesonnen, euch dahingegen
Allhier mal über das Pult zu legen,
Um solchermaßen mit einigen Streichen
Die harten Gemüter euch zu erweichen.«

Flugs hervor aus seinem Kleide,
Wie den Säbel aus der Scheide,

Zieht er seine harte, gute,
Schlanke, schwanke Haselrute,
Faßt mit kund'ger Hand im Nacken
Paul und Peter bei den Jacken
Und verklopft sie so vereint,
Bis es ihm genügend scheint.

»Nunmehr« – so sprach er in guter Ruh –
»Meine lieben Knaben, was sagt ihr dazu??
Seid ihr zufrieden und sind wir einig??«
»Jawohl, Herr Bokelmann!« riefen sie schleunig.

Dies ist Bokelmanns Manier.
Daß sie gut, das sehen wir.
Jeder sagte, jeder fand:
»Paul und Peter sind scharmant!!«

Aber auch für Plisch und Plum
Nahte sich das Studium
Und die nötige Dressur,
Ganz wie Bokelmann verfuhr.

Bald sind beide kunstgeübt,
Daher allgemein beliebt,
Und, wie das mit Recht geschieht,
Auf die Kunst folgt der Profit.

Schluß

Zugereist in diese Gegend,
Noch viel mehr als sehr vermögend,
In der Hand das Perspektiv,
Kam ein Mister namens Pief.
»Warum soll ich nicht beim Gehen« –
Sprach er – »in die Ferne sehen?
Schön ist es auch anderswo,
Und hier bin ich sowieso.«

Hierbei aber stolpert er
In den Teich und sieht nichts mehr.

»Paul und Peter, meine Lieben,
Wo ist denn der Herr geblieben?«
Fragte Fittig, der mit ihnen
Hier spazieren geht im Grünen.

Doch wo der geblieben war,
Wird ihm ohne dieses klar.
Ohne Perspektiv und Hut
Steigt er ruhig aus der Flut.

»Alleh, Plisch und Plum, apport!«
Tönte das Kommandowort.

Streng gewöhnt an das Parieren,
Tauchen sie und apportieren
Das Vermißte prompt und schnell.

Mister Pief sprach: »Weriwell!
Diese zwei gefallen mir!
Wollt ihr hundert Mark dafür?«
Drauf erwidert Papa Fittig
Ohne weiters: »Ei, da bitt ich!«

Er fühlt sich wie neugestärkt,
Als er so viel Geld bemerkt.

»Also, Plisch und Plum, ihr beiden,
Lebet wohl, wir müssen scheiden,
Ach, an dieser Stelle hier,
Wo vor einem Jahr wir vier
In so schmerzlich süßer Stunde
Uns vereint zum schönen Bunde;
Lebt vergnügt und ohne Not,
Beefsteak sei euer täglich Brot!«

Schlich, der auch herbeigekommen,
Hat dies alles wahrgenommen.
Fremdes Glück ist ihm zu schwer.
»Recht erfreulich!« – murmelt er –
»Aber leider nicht für mich!!«

Plötzlich fühlt er einen Stich,
Kriegt vor Neid den Seelenkrampf,
Macht geschwind noch etwas Dampf,

Fällt ins Wasser, daß es zischt,
Und der Lebensdocht erlischt. –

Einst belebt von seinem Hauche,
Jetzt mit spärlich mattem Rauche
Glimmt die Pfeife noch so weiter
Und verzehrt die letzten Kräuter.
Noch ein Wölkchen blau und kraus. –
Phütt! – ist die Geschichte

Balduin Bählamm, der verhinderte Dichter

1883

Der Büroangestellte Balduin Bählamm fühlt sich zum Dichter berufen, jedoch in seiner Heimatstadt durch häusliche und berufliche Umstände am Dichten gehindert. Auf dem Lande findet er statt Ruhe und Inspiration eine kalte Dusche mit anschließendem Zahnreißen. Daher kehrt er ernüchtert heim:

Sofort legt Bählamm sich zur Ruh.
Die Hand der Gattin deckt ihn zu.
Der Backe Schwulst verdünnert sich;
Sanft naht der Schlaf, der Schmerz entwich,
Und vor dem innern Seelenraum
Erscheint ein lockend süßer Traum. –

Ihm war als ob, ihm war als wie,
So unaussprechlich wohl wie nie. –
Hernieder durch das Dachgebälke,
Auf rosenrotem Duftgewölke,
Schwebt eine reizend wundersame
In Weiß gehüllte Flügeldame,
Die winkt und lächelt, wie zum Zeichen,
Als sollt er ihr die Hände reichen;
Und selbstverständlich wunderbar
Erwächst auch ihm ein Flügelpaar;

Und selig will er sich erheben,
Um mit der Dame fortzuschweben.

Doch ach! Wie schaudert er zusammen!
Denn wie mit tausend Kilogrammen

Hängt es sich plötzlich an die Glieder,
Hemmt das entfaltete Gefieder
Und hindert, daß er weiterfliege.
Hohnlächelnd meckert eine Ziege.
Die himmlische Gestalt verschwindet,
Und nur das eine ist begründet,
Frau Bählamm ruft, als er erwacht:

»Heraus, mein Schatz! Es ist schon acht!«

Um neune wandelt Bählamm so
Wie ehedem auf sein Bureau. –

So steht zum Schluß am rechten Platz
Der unumstößlich wahre Satz:
Die Schwierigkeit ist immer klein,
Man muß nur nicht verhindert sein.

Maler Klecksel

1884

Kuno Klecksel zeigt früh Talent zum Zeichnen, landet jedoch erst in der Lehre des Malermeisters Quast, bevor er die Akademie besuchen darf. Er endet als fünffacher Vater und Schimmelwirt in jener Gastwirtschaft, welche er bereits in seinen Studententagen häufiger als die Akademie aufgesucht hatte. Doch bevor er sich von der Kunst verabschiedet, versucht er sich als Historienmaler mit einer Darstellung des Bertold Schwarz kurz nach der Erfindung des Pulvers. Das hat eine bittere Erfahrung zur Folge:

Leicht kommt man an das Bildermalen,
Doch schwer an Leute, die's bezahlen.
Statt ihrer ist, als ein Ersatz,
Der Kritikus sofort am Platz.

Drittes Kapitel

Alsbald nach dieser Spritzaffäre
Kommt unser Kuno in die Lehre
Zum braven Malermeister Quast;
Ein Mann, der seine Kunst erfaßt,
Ein Mann, der trefflich tapeziert
Und Ofennischen marmoriert,
Und dem für künstlerische Zwecke
Erreichbar selbst die höchste Decke.

Der Kunstbetrieb hat seine Plagen.
Viel Töpfe muß der Kuno tragen.
Doch gerne trägt er einen Kasten
Mit Vesperbrot für sich und Quasten.

Es fiel ihm auf, daß jeder Hund
Bei diesem Kasten stillestund.
»Ei!« – denkt er – »das ist ja famos!«

Und macht den Deckel etwas los.

Ein Teckel, der den Deckel lupft,

Wird eingeklemmt und angetupft,
So daß er buntgefleckelt ward,
Fast wie ein junger Leopard.

Ein Windspiel, das des Weges läuft
Und naschen will, wird quer gestreift;
Es ist dem Zebra ziemlich ähnlich,
Nur schlanker als wie dies gewöhnlich.

Ein kleiner Bulldogg, der als dritter
Der Meinung ist, daß Wurst nicht bitter,
Wird reizend grün und gelb kariert,
Wie's einem Inglischmän gebührt.

Ungern bemerkt dies Meister Quast.
Ihm ist die Narretei verhaßt;
Er liebte keine Zeitverschwendung
Und falsche Farbestoffverwendung.
Er schwieg. Doch als die Stunde kam,
Wo man die Vespermahlzeit nahm,

Da sprach er mild und guten Mutes:
»Ein guter Mensch kriegt auch was Gutes!«

Er schnitt vom Brot sich einen Fladen.
Der Kuno wird nicht eingeladen.

Er greift zur Wurst. Er löst die Haut.
Der Kuno steht dabei und schaut.

Die Wurst verschwindet allgemach.
Der Kuno blickt ihr schmachtend nach. –

Die Wurst verschwand bis auf die Schläue.
Der Kuno weint der Tränen zweie.

Doch Meister Quast reibt frohbedächtig
Den Leib und spricht: »Das schmeckte prächtig!
Heut abend laß ich nichts mehr kochen!« –
Er hält getreu, was er versprochen;
Geht ein durch seine Kammerpforte
Und spricht gemütlich noch die Worte:

»Sei mir willkommen, süßer Schlaf!
Ich bin zufrieden, weil ich brav!«

Der Kuno denkt noch nicht zu ruhn.
Er hat was Wichtiges zu tun.

Zunächst vor jeder andern Tat
Legt er sein Ränzel sich parat.
Sodann erbaut er auf der Diele
Aus Töpfen, Gläsern und Gestühle
Ein Werk im Stil der Pyramiden
Zum Denkmal, daß er abgeschieden.
Apart jedoch von der Verwirrnis
Stellt er den Topf, gefüllt mit Firnis.
Zuletzt ergreift er, wie zur Wehre,

Die mächtige Tapetenschere.

Quasts Deckbett ist nach altem Brauch
Ein stramm gestopfter Federschlauch.
Mit einem langen, leisen Schnitte
Schlitzt es der Kuno in der Mitte.

Rasch leert er jetzt den Firnistopf
Auf Quastens ahnungslosen Kopf.

Quast fährt empor voll Schreck und Staunen,
Greift, schlägt und tobt und wird voll Daunen.

Er springt hinaus in großer Hast,
Von Ansehn wie ein Vogel fast,

Und stößt mit schrecklichem Rumbum
Die neuste Pyramide um.

Froh schlägt das Herz im Reisekittel,
Vorausgesetzt, man hat die Mittel.

Nach diesem ahnungsvollen Vermerke
Fahren wir fort im löblichen Werke.

Sechstes Kapitel

In selber Stadt ernährte sich
Ganz gut ein Dr. Hinterstich
Durch Kunstberichte von Bedeutung
In der von ihm besorgten Zeitung,
Was manchem das Geschäft verdirbt,
Der mit der Kunst sein Brot erwirbt.

Dies Blatt hat Klecksel mit Behagen
Von jeher eifrig aufgeschlagen.
Auch heute hält er's in der Hand
Und ist auf den Erfolg gespannt.

Wie düster wird sein Blick umnebelt!
Wie hat ihn Hinterstich vermöbelt!

Sogleich in eigener Person
Fort stürmt er auf die Redaktion.
Des Autors Physiognomie
Bedroht er mit dem Paraplü.

Der Kritikus, in Zornekstase,
Spießt mit der Feder Kunos Nase;

Ein Stich, der um so mehr verletzt,
Weil auch zugleich die Tinte ätzt.

Stracks wird der Regenschirm zur Lanze.

Flugs dient der Tisch als eine Schanze.

Vergeblich ist ein hoher Stoß;

Auch bleibt ein tiefer wirkungslos.

Jetzt greift der Kritikus voll Haß
Als Wurfgeschoß zum Tintenfaß.
Jedoch der Schaden bleibt gering,
Weil ihn das Paraplü empfing.

Der Kritikus braucht eine Finte.

Er zieht den Kuno durch die Tinte.

Der Tisch fällt um. Höchst penetrant
Wirkt auf das Augenlicht der Sand.

Indessen zieht der Kuno aber
Den Bleistift Numro 5 von Faber;

Und Hinterstich, der sehr rumort,
Wird mehrfach peinlich angebohrt.

Der Kuno, seines Sieges froh,
Verläßt das Redaktionsbureau.

Ein rechter Maler, klug und fleißig,
Trägt stets 'n spitzen Bleistift bei sich.

...

Der fliegende Frosch

Aus: ›Hernach‹, 1908

1905 *hatte Wilhelm Busch seinem Neffen Otto Nöldeke die versiegelte Handschrift* Hernach *überreicht. Sie wurde nach seinem Ableben veröffentlicht und variiert unter anderem noch einmal das »Frosch-will-Vogel-sein«-Thema des jungen komischen Zeichners, der ursprünglich Maler hatte werden wollen:*

Wenn einer, der mit Mühe kaum
Gekrochen ist auf einen Baum,

Schon meint, daß er ein Vogel wär,

So irrt sich der.

Die Sau rauslassen

Bemerkungen zu Busch

Nicht minder verbürgt, wenngleich mehr der Sphäre von Witzblättern um 1919 zugehörig, ist ein Ereignis aus Ernsttal, dem Leiningenschen Besitz. Dort erschien eine Respektsperson, die Gattin des Eisenbahnpräsidenten Stapf, in knallrotem Sommerkleid. Die gezähmte Wildsau von Ernsttal vergaß ihre Zahmheit, nahm die laut schreiende Dame auf den Rücken und raste davon. Hätte ich ein Leitbild, so wäre es jenes Tier.

Theodor W. Adorno, *Ohne Leitbild*

Olaf Gulbransson mochte sich, 1952, zu Wilhelm Busch nicht ausführlich äußern: »Ich wäre auch zu bescheiden um über so einen Riesenvormat von ein Kerl – über Wilhelm Busch was zu schreiben. Ich kann ihm bloß anbeten.«

Thomas Theodor Heine hatte da weniger Skrupel. 1932, anläßlich des 100. Geburtstags von Busch, schrieb er in den *Düsseldorfer Nachrichten*: »Auch Wilhelm Busch ist dem Schicksal nicht entgangen, von Literaten auf den kunstgeschichtlichen Seziertisch geschleppt zu werden. Die Resultate ihrer Forschung liegen sauber in Schubfächer verteilt und sind mit den vorrätigen Etiketten versehen ... Ich vermisse nur ein Schubfach mit der Etikette: Zeichenkunst. Denn das ist die Hauptsache: die Zeichnungen Buschs sind etwas ganz Einziges ...« Ich halte es mit Thomas Theodor Heine, gleich ihm, gleich allen anderen Busch-Exegeten, vermisse ich – bei den anderen Busch-Exegeten natürlich –

ein gerade mir wichtiges und liebes Schubfach, wollemer es rausziehe? Es ist das Schubfach mit der Etikette: Komik, darin möchte ich mal etwas kramen.

Was gibt es Schönes in der Schublade?

Zuoberst liegt ein Hermann-Hesse-Zitat von 1938, das sehr gut geeignet ist, die weitere Kramrichtung anzuzeigen. *Da* nämlich geht es auf keinen Fall lang. Hesse behauptet, Buschs Humor zu schätzen, doch auch er muß sich sofort gegen andere Busch-Liebhaber abgrenzen: »Er gilt noch heute, vollkommen irrtümlich, beim Durchschnittsbürger als Mann des ›goldenen Humors‹, während sein Humor doch so voll pessimistischer Hintergründe ist … Von seinen Büchern waren mir am liebsten *Kritik des Herzens*, *Eduards Traum* und *Der Schmetterling.*«

An diesem Urteil ärgern mich drei Dinge, ach was, alles an ihm ärgert mich. Was soll die herablassende Zurechtweisung des »Durchschnittsbürgers«? Ohne diesen – kaufenden oder zahlenden – Durchschnittsbürger hätten sich weder Busch noch seine komischen Nachfahren Karl Valentin, Charlie Chaplin oder Buster Keaton über Wasser halten können.

Sie alle begannen ihre Tätigkeit an Orten, die den gebildeten Ständen ihrer Zeit äußerst suspekt waren: auf dem Jahrmarkt, im Kintopp oder, wie Busch, in Witzblättern, die *Fliegende Blätter* oder *Münchener Bilderbogen* hießen. Und bei allen dauerte es lange, bis Nicht-Durchschnittsbürger mitbekamen, daß da etwas Überdurchschnittliches passierte; die erste ausführlichere Würdigung von Buschs Werk schrieb der Literat Paul Lindau 1878 für die Zeitschrift *Nord und Süd.* Da aber war Busch bereits 46 Jahre alt, hatte zwanzig Jahre lang publiziert, fast alle seine großen Bildergeschichten, von *Max und Moritz*, 1865, bis zur *Knopp-Trilogie*, 1875–1877, waren bereits erschienen.

Sodann: Ich begreife nicht, wieso pessimistische Hintergründe den Humor eines Humoristen besonders wertvoll machen. Jeder Mensch ist ein Abgrund – wieso sollte da ausgerechnet der Komik-Produzent eine Ausnahme bilden? Das aber ist sein Problem – und das seiner Biographen; was mich, den Komik-Konsumenten, interessiert, ist, ob er mich lachen macht.

Hesse freilich will offensichtlich gar nicht lachen, er schätzt ausgerechnet jene drei Arbeiten Buschs, bei denen es wenig zu lachen gibt, alle drei keine Bilder-, sondern reine Textbücher, alle drei zwar verständliche, glücklicherweise aber untypische Ausflüge in jene Bereiche des Hochhumors, in denen sich Hinter-, Vorder- und Nebensinn derart vermengen, daß schon ein lauteres Schmunzeln von dem indignierten »Pst!« der dort umherstiefelnden Deuter begleitet wird.

Nein, Komik ist angesagt, und Wilhelm Busch war und ist komisch, immer noch, nach ganzen 136 Jahren. 1864 erschien sein erstes, noch erfolgloses Buch, die *Bilderpossen*. Und eine dieser Possen ist die Reim-Bild-Geschichte *Der Eispeter*, in der Busch das erste Mal voll die Sau rausließ. Jenes Tier mit den vielen Gesichtern, jene Sado-maso-anarcho-hoho-huhu-haha-aua-ratsch-patsch-klickeradoms-Komik-Sau, die er in den nächsten zwanzig Jahren immer kunst- und effektvoller zuzureiten lernte: Da geht der kleine Peter trotz der Kälte aufs Eis, fällt ins Wasser, krabbelt raus, erfriert zu einem menschenähnlichen Eiszapfen, wird zu Hause an den Ofen gestellt, taut jedoch nicht mehr zu menschlicher Gestalt, sondern lediglich zu einer menschenähnlichen Pfütze auf. Diese Pfütze sammeln die betrübten Eltern in einem Einmachtopf auf, den sie im Kellerregal zwischen ähnlichen Töpfen abstellen, die mit »Käse« und »Gurken« beschriftet sind. Der neue Topf aber trägt die Aufschrift »Peter«.

Das ist – im Ernst – eine vollkommen komische, das heißt eine vollkommen herzlose und eine herzlich flache Geschichte. Sie steht nicht für irgendwas, sie schreitet einfach fort, wird von Bild zu Bild komischer und schließt mit einer wunderschönen, eiskalt servierten Pointe; »vom Leben geglüht, mit Fleiß gehämmert und nicht unzweckmäßig zusammengesetzt« – so bezeichnete Busch im Rückblick seine Bildergeschichten.

Die mir liebsten, *Hans Huckebein, der Unglücksrabe*, *Max und Moritz*, auch viele der *Knopp*-Episoden sind von dieser herzlos gehämmerten Zweckmäßigkeit. Keine Abschweifung, kein Mitgefühl, kein Hintersinn trübt den Fortgang der komischen Handlung, und noch der reife Wilhelm Busch serviert seinen Helden Tobias Knopp mit der gleichen Kaltblütigkeit ab, mit der er Hans Huckebein (aus Versehen erhängt) und Max und Moritz (mit Absicht verschrotet) über den Jordan gehen ließ: *In der Wolke sitzt die schwarze / Parze mit der Nasenwarze, / Und sie zwickt und schneidet, schnapp!! / Knopp sein Lebensbändel ab.*

Nein, das ist kein »Schwarzer Humor«. Nicht jener harmlose Gruselverschnitt, den biedere Komikproduzenten heutzutage fleißig auf Flaschen ziehen, meist etikettiert als »Scharfrichterwitze«, »Sensenmannwitze«, »Friedhofswitze« etc.

Hätte auch Busch nach Rezepten gearbeitet, hätte er nicht hemmungs-, verantwortungs- und bedenkenlos seinen ganz persönlichen Komikstiebel durchgezogen, er würde nicht bis auf den heutigen Tag derart viele Exegeten anlocken. Die freilich stoßen bei dem Versuch, hinter die blanke Oberfläche seiner Geschichten zu gelangen – »Da muß doch was dahinterstecken!« –, immer nur auf ihr eigenes Spiegelbild.

Dem Sozialisten Max Hochdorf ist Busch einer, der »ohne Erbarmen Heuchelei und Philisterei zerstört«, dem Deutschen Hermann Löns ist er ein »Stärker des Deutschtums«, dem Feldmarschall von der Goltz ein »Militärschriftsteller«, dem Nazi Karl Anlauf ein »völkischer Seher«. Und der belesene, wenn auch etwas zerstreute Gert Ueding deutet, beispielsweise, den *Eispeter* als verfremdete Erziehungskomödie: »Buschs Schilderung dieses Verwandlungsprozesses bis hin zur völligen (inneren) Vereisung ... sind (sic!) so authentische Visionen wie Kafkas Erzählung vom Lebensausgang des Gregor Samsa.« Kafka! Wallfahrtsziel aller Sinnhuber! Busch: Eine Kreuzwegstation auf diesem Deutungswege? Doch genug der Exegetenschelte, bin ja selber einer, was suchte *ich* noch mal bei Busch? Ja richtig, Komik. Ja, richtige Komik.

Komik, die sich weniger über den Kopf als über den Bauch vermittelt. Busch erzählt in Bildern, anfangs ganz ohne begleitende Worte, auch später, sagt er, sei er immer von den Bildern ausgegangen. Verständlicherweise: die Intensität und Dreistigkeit, mit der er Bewegungsabläufe zeichnet, den *Katzenjammer am Neujahrsmorgen* oder das *Neujahrskonzert*, lassen alle komischen Möglichkeiten des Wortes weit hinter sich.

Überhaupt tun Literatur- und Kunstgeschichte recht daran, wenn sie Busch nur gequält oder gar nicht einzuordnen vermögen. Dieser Schreiber-Zeichner ist in vielen seiner Geschichten durchaus auch darstellender Künstler, nur daß er in seinem – wie er es nannte – Papiertheater nicht persönlich, sondern vermittels seiner gezeichneten Figuren auftritt. Und er ist zugleich ein äußerst erfinderischer Regisseur. In seinen Bilderfolgen gibt es Schwenks, Schnitte, den Wechsel von der Totalen zur Großaufnahme – filmische Techniken also, bevor es den Film gab.

Auch biographische Parallelen gibt es zwischen Busch und einigen Filmkomikern, von Chaplin bis zu den Marx Brothers. Sie alle beginnen, schlecht bezahlt, in niederen Medien, die Bildergeschichte ist da, siehe oben, durchaus dem Vaudeville oder dem frühen Stummfilm zu vergleichen. Sie alle wenden sich an ein Publikum, das keinen »guten« Geschmack hat – hätte es den, wäre es nicht Konsument dieser Medien.

Sie alle haben – anfangs – bei der Kritik nichts zu verlieren, da die sie überhaupt nicht wahrnimmt. Sie können daher unbedenklich komisch sein, dürfen einige jener Dinge aussprechen und darstellen, die man in den respektablen Künsten nicht beim Namen zu nennen wagt, jedenfalls nicht mit dieser Direktheit. Dort jedoch, wo sie sich tummeln, zählt erst mal nur eins: der Lacher.

Wenn es Lacher für die Darstellung ganz privater Obsessionen, Lüste, Wünsche und Ängste gibt – um so besser. Davon kann reichlich geliefert werden: In Buschs Werk finden sich – zum Beispiel – mehr Nasenverletzungen als in der restlichen deutschen – europäischen? – Literatur zusammengerechnet.

Nicht nur der Beginn, auch der weitere Werdegang dieser Spaßmacher verläuft ähnlich. Sie haben erste Erfolge. Sie lernen, ihre Mittel bewußter einzusetzen. Sie erproben kompliziertere und umfangreichere komische Formen. Hier und da streift sie bereits ein wohlwollendes Wort jener Kritiker, die sich sonst nur mit den Ernstmachern unter den Künstlern beschäftigen. Zugleich wächst ihre Beliebtheit.

Aber sie kommen langsam in die Jahre, biologisch und schöpferisch. Ihre Anfänge werden ihnen selber suspekt, die Sau, die sie mal rausgelassen haben, erscheint ihnen auf einmal als unvollkommenes, niederes, ja verächtliches Tier, dabei verdanken sie ihr doch alles. Es zieht sie weg vom Katzentisch der Komik, sie möchten da tafeln, wo die bewunderten Ernstmacher speisen. Sie geraten in Gefahr, große Humoristen oder humoristische Großkünstler werden zu wollen.

Als ob es erstrebenswert wäre, die große Zahl der Ernstmacher noch zu vergrößern. Von denen gibt es doch genug, Tausende, na, meinetwegen auch Hunderte. Während sich die großen Spaßmacher an den Fingern dreier Hände abzählen lassen, gut, meinetwegen auch vierer. Doch die

Spaßmacher wollen partout ernst machen: Chaplin dreht *Der große Diktator*, hat auf einmal eine Botschaft, die sich nicht mehr in schiere Komik auflösen läßt, er wird sentimental. Harpo Marx plant einen künstlerisch wertvollen Clown-Film, zu dem es gottlob nicht kommt. Busch veröffentlicht, 42jährig, den Gedichtband *Kritik des Herzens*. Der Titel erinnert mit Fleiß an Kants *Kritik der reinen Vernunft*. Der Inhalt, gereimte Parabeln und mild-humorige Betrachtungen, läßt für die weitere Produktion des Hochkomikers Busch Schlimmes befürchten.

Zu Unrecht. Busch kommt noch einmal in Fahrt, in den folgenden zehn Jahren zeichnet und schreibt er neun weitere Bildergeschichten, in denen er, abgeklärter zwar, doch sehr bestimmt und wie gehabt, allerhand von dem niedermacht, was seinen Zeitgenossen angeblich heilig war: die Ehe, die Kirche, den Sinn des Lebens, die Erziehung, die Unverletzlichkeit des Mitmenschen bzw. des Mittiers, den gepflegten Suff und die holde Kunscht.

Dafür haben ihn seine Zeitgenossen geliebt, und diese Liebe beruhte sicherlich auf keinem Mißverständnis. Es ist ganz einfach hocherfreulich und sehr entlastend, die letztlich folgenlosen Katastrophen miterleben zu dürfen, in die Busch seine Helden pausenlos jagt, unmißverständlich ist auch das Vergnügen Buschs und das seiner Leser an den immer wieder malträtierten Katzenschwänzen. Wobei malträtierte Katzenschwänze bei Busch malträtierte Katzenschwänze bedeuten.

Freilich: Bereits in seiner vorletzten Bildergeschichte, im *Balduin Bählamm*, scheint mir Busch nicht mehr auf der Höhe seiner Kunst, da erzählt er eine plane Desillusionsparabel: Kleiner Angestellter fühlt sich als großer Dichter, fährt aufs Land, um zu dichten, doch hier stört ihn ein Ohrwurm, da scheißt ein Vöglein auf sein Manuskript, schließlich kehrt der Möchtegerndichter ernüchtert ins Büro zurück. Das steht nicht mehr quer zum gesunden

Menschenverstand, das redet ihm, möglicherweise ungewollt, nach dem Munde: »Genau! Die spinnen doch, die Dichter.«

Trotzdem: 26 Jahre lang war Busch als Leistungskomiker aktiv, mit dem *Maler Klecksel* gab er 1884 ein sehr beachtliches, streckenweise glänzendes Abschiedsspiel, dann hörte er freiwillig auf, weitere 23 Jahre privatisierte er noch als »Einsiedler von Wiedensahl«.

Viel mehr war wohl nicht drin, die Komikproduktion schlaucht, doch Busch trat in Ehren ab. Ohne, bis zum Abschluß seiner aktiven Laufbahn, seine Anfänge zu verraten, ohne die Sau durch Wiederholungen zu Tode zu reiten, ohne nennenswerte Konzessionen an den versöhnlichen Humor oder den guten Geschmack zu machen. Auch – wichtig! – ohne in ästhetischen Formalismus abzurutschen, eine Gefahr, der die meisten komischen Zeichner irgendwann erliegen.

In alldem ist Busch vorbildlich, bis heute, obwohl er, zumindest in Deutschland, keine Nachfolger fand. Die Simplicissimus-Zeichner interessierten sich kaum für die Bildergeschichte, erst Erich Ohser (e. o. plauen) machte in den dreißiger Jahren mit seinen Vater-und-Sohn-Strips einen ernsthafteren Versuch, das Genre weiterzuführen. Doch wie matt, wie steif und wie betulich wirken seine Figuren und Einfälle neben denen von Wilhelm Busch.

Nun war der ja eine Doppelbegabung, er reimte und zeichnete mit der gleichen Verwegenheit. Eine solche Talenthäufung ist selten – trotzdem bleibt es merkwürdig, daß er hierzulande nicht Schule machte. Die wacheren, wohl auch respektloseren Amerikaner haben eine Menge von ihm gelernt und verwertet: Der Comic strip, angefangen von den *Katzenjammer Kids*, bei deren Geburt Max und Moritz Pate standen, bis hin zu – doch den Rest kann man in jeder besseren Geschichte des Comic strips nachlesen.

Nur das noch: Schon der bereits erwähnte Paul Lindau glaubte 1878 Buschs Reputation dadurch stützen zu können, daß er auf dessen durch und durch ernste Ölbilder hinwies: »Mehr noch als meinen Augen traue ich aber in diesem Falle dem Urteil Lenbachs, der Busch für einen hochbegabten Maler hält.«

Ja sicher, Busch malte auch. Flott, fetzig und soßig, in der Nachfolge der von ihm bewunderten Niederländer Hals, Brouwer und Teniers. Die gebildeteren unter den Busch-Liebhabern werden nicht müde, gerade den Maler Busch besonders herauszustreichen. Als ob seine Malerei den Komiker Busch adeln oder zumindest entschuldigen könne: »Ja, wissen Sie, der Mann war ja nicht nur...«

Sie gehen sogar so weit, Buschs skizzenhafte Manier als Vorwegnahme des Impressionismus zu deuten. Das aber ist schlichter Unfug. Wenn jemand etwas vorweggenommen hat, dann nicht der Maler, sondern der komische Zeichner Busch. Der freilich nahm gleich so ziemlich alles vorweg, was viel spätere Stilrichtungen und Künstler dem Menschenbild und der Welt der restlichen optischen Erscheinungen antaten. Busch hat nämlich

den Jugendstil vorweggenommen

den Pointillismus

den Expressionismus

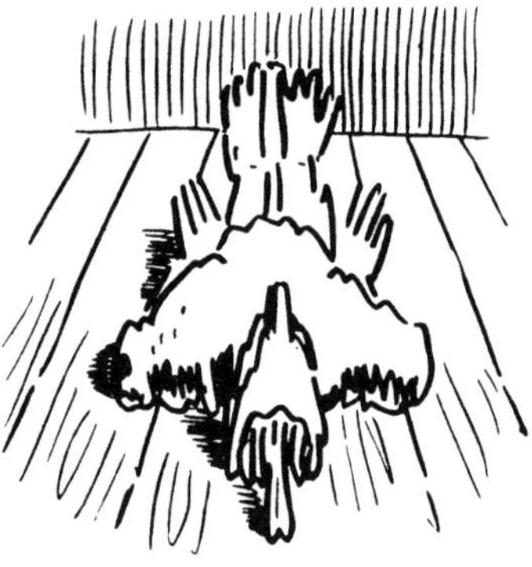

den Kubismus

den Kubismus, jawohl

den Futurismus

den Konstruktivismus

den Surrealismus

den Tachismus

den Tachismus, doch

die Op- bzw. Pop-Art und

die Neue Figuration.

Ferner nahm Busch eindeutig und zweifelsfrei folgende Künstler vorweg:

Salvador Dalí und Claes Oldenburg

Henry Moore

Jean Dubuffet

Alberto Giacometti

sowie Günter Uecker und

Georg Baselitz.

»Ick bin all dor!« ruft der Igel der Komik dem Hasen der Hochkunst entgegen – oder sollte ich, um im Bilde zu bleiben, den Igel zum Stachelschwein machen?

Ich könnt's, aber ich mag nicht. Lasse lieber Busch und sein wie immer geartetes Tier endgültig in den Olymp einziehen, mit jenen Worten, mit denen Wilhelm Busch selber einst seinen heiligen Antonius und dessen Sau in den Himmel aufsteigen ließ: *Da grunzte das Schwein, die Englein sangen; So sind sie beide hineingegangen.*«

WILHELM BUSCH, 1832 in Wiedensahl, zwischen Stadthagen und Loccum im Königreich Hannover, geboren, war 26 Jahre lang als Leistungskomiker aktiv. Dann zog er sich zurück und privatisierte noch 23 Jahre als »Einsiedler von Wiedensahl«. 1908 ist er gestorben. Busch ist der bis heute unübertroffene Großmeister der komischen Bildergeschichte. So unvergeßliche Figuren wie Max und Moritz, die fromme Helene oder Hans Huckebein, der Unglücksrabe, verdanken ihre Existenz der Doppelbegabung eines Zeichners, der nicht minder einprägsame Verse zu dichten wußte. »Es ist ein Brauch von alters her / Wer Sorgen hat, hat auch Likör«, lautet eines seiner geflügelten Worte, welchem lediglich entgegenzuhalten wäre, daß Wilhelm Busch als Sorgenbrecher weitaus bessere Dienste zu leisten imstande ist.

ROBERT GERNHARDT, 1937 in Reval/Estland geboren, lernte Wilhelm Busch als Achtjähriger kennen und lieben. Der Meister begleitete und geleitete ihn durch ein Schreiber- und Zeichnerleben, das den Adepten nach Lehrjahren bei der satirischen Zeitschrift *pardon* zum Gründungsmitglied der *Titanic* ebenso werden ließ wie der sogenannten Neuen Frankfurter Schule. Ist es bloßer Zufall, daß Frankfurt am Main die einzige Stadt war, die den notorischen Landbewohner Busch längere Zeit zu binden vermochte?

Zu seiner Wilhelm-Busch-Auswahl bemerkt Robert Gernhardt in seiner einleitenden Notiz: »In ihr habe ich einige der mir liebsten, komischsten, kompromißlosesten, katastrophalsten und in Wort und Bild inspiriertesten Episoden aus Wilhelm Buschs Werk zusammengestellt... Meine Liebe zu ihm hat nie nachgelassen, doch der Respekt, der sich naturgemäß erst sehr viel später einstellen konnte, wächst und wächst.«

*Da grunzte das Schwein,
die Englein sangen*
heißt eine Auswahl aus dem Werk
von Wilhelm Busch, die Robert Gernhardt
getroffen und zu der er einen Essay geschrieben hat.
Sie ist im Mai 2000 als hundertfünfundachtzigster Band
der ANDEREN BIBLIOTHEK im Eichborn Verlag,
Frankfurt am Main, erschienen.
Sämtliche Bildvorlagen wurden von der
Wilhelm-Busch-Gesellschaft, Hannover, zur Verfügung
gestellt. Die Textgestalt folgt der vierbändigen
kritischen Gesamtausgabe der Werke Wilhelm Buschs,
die Friedrich Bohne im Emil Vollmer Verlag,
Wiesbaden, herausgegeben hat.
Die Redaktion besorgte Rainer Wieland.

Dieses Buch
wurde in der Korpus Garamond Antiqua
von Wilfried Schmidberger in Nördlingen gesetzt
und bei der Fuldaer Verlagsanstalt auf holz- und
säurefreies halbmattes 115 g/m² Bücherpapier LuxoSatin
der Papierfabrik Enso gedruckt. Den Einband besorgte
die Leipziger Großbuchbinderei in Zwenkau.
Typographie von Franz Greno.